網路小
Novel@

跟我說再見

玉米虫 著

人的心裡都有屬於自己的夢想，而我的夢想，是你。

我相信，只要夠堅定，我們終會跨越距離的考驗，走到彼此身邊。
我要努力不再哭，好好地生活。不久的將來，我們一定可以再見面。
到那個時候，我會成為更好的自己。

1

那將升上高三的那一年，我決定離開家裡，選擇自己的住處。

做出這樣的決定並非不得已，而是必然。

該說是忍耐到了極點吧，對於那樣的環境。就算不是特別潔癖，但普通人應該都會偏好整齊清潔的環境，沒有人會喜歡自己的家到處堆滿東西像個垃圾堆，不，或許不該這麼形容，因爲那些堆積著的衣服、家具、鍋碗瓢盆……等各種生活用品全都是新的。

媽媽這種喜歡買東西的病症發嚴重，以前買的衣服吊牌都還沒拆，全用黑色大垃圾袋裝起來放在家裡，這樣裝了大約二十幾袋，加上童裝、男裝，光是衣服應該就足夠開家服飾店，加上其他東西，也無怪乎我家這樣一間透天厝，卻堆到連條可以走的路都沒有，我房間裡也堆放了許多我根本用不到的東西。

我自己沙盤推演一番後得出結論：解決的方法，不是媽媽停止買東西，就是我離開。由於媽媽的病不會好，所以只有我搬走一途。

以準備考試爲藉口，向爸爸提出這樣的要求，雖然他老人家有些不願意，最後還是讓我依照自己的意願，租了間離學校不遠的房子，是我的祕密基地，也或許是人生新的開始。

新的住處是原本就設計成投資自用兩用的住宅區，整區裡所有住家設計都是一房一廳，坪數不大，但每一間風格都不同，最特別的是每戶都有一扇落地窗，加上附近有片尚未開發的空地，所以景觀還不錯，通風也很良好，我們來看房子的時候，光是打開窗戶，就有微微的風吹進來。

後來老爸挑選的這間屬於日式風格，所有家具地板都是木製的，非常典雅，本來想承租就好，幾經衡量，最後還是買了一戶讓我住，將來就算不住了，還可以轉賣或出租，都很划算。

這就是我的爸爸，很商人的性格。人說無奸不商，所以他的人生有大部分時間都在盤算別人，包括自己人。我見過他用手段整得家族裡的人爲了買賣土地的利益而爭吵，但最後我才發現得利者仍是他，而我很不習慣他這樣的手段。

連親人也要算計，人生還有什麼值得相信呢？

想來都是他算計別人，但因爲自己外遇而和媽媽離婚和小三再婚的事情，近幾年來突然對我感到虧欠，開始竭盡所能地付出，而他能給我的補償，就是滿足我大部分物質上的需要。

名義上我是跟著爸爸，實際上是跟媽媽同住。最近爸爸和小三離婚了，媽媽也盡釋前嫌與爸爸和好，結果爸爸又帶回來小三的女兒和我們同住，變成了一家人。

身邊夾雜著八點檔的荒謬劇情，我除了接受，也無法提出任何反駁。

媽媽對愛情仍然抱有美麗的幻想，但看多了這些風風雨雨，到最後我只覺得可笑。愛情這東西，眞的可以讓人不計較任何過去，只是追隨嗎？和他們愈親近，就愈感受到自己無法忍受內心日漸高張的怒氣。大部分是因爲小我六歲那位「爸爸的女兒」。

不願意稱她爲妹妹，印象中總覺得妹妹應該很甜很可愛，小學生的她應該尚未脫離孩子的天眞可愛，但事實不然，看著她，彷彿可以見到未來社會的敗壞。她最經典的名言就是，「我爸爸很有錢，我根本不需要太努力，就可以比你們任何人都過得更好。」

可能因爲老來得子，所以爸爸特別溺愛吧，我媽也因爲是人家的「後母」，所以唯唯諾諾不敢教訓她。她現在才小六，就沒大沒小地對父母呼來喝去，對人一點禮貌也沒有，每個人見了都搖頭不已。

相同的教育方式，似乎眞的因爲人天生的性格不同，而造就不同的人格發展吧。我的個性比較直，不懂得轉彎，所以才學不會尖酸刻薄，還有那些算計人跟利用人的技巧。

害怕自己待在那樣的環境下有一天會失控，所以選擇了遠離。即便只是一些些距離，只要不要常見面，或許我還能像正常人般生活。

暑假過了一半，在七月底時，爸爸雇好貨車，把東西都載到新的住處。這間房子都已裝潢完畢不需要整理，只要把我的家當都放置好就可以。

花了一整天仔細地拆箱，將東西都放到定位之後，突然愛上這個自己的房間。

從那天起，我真的比較能好好念書，反正搬出來之後也沒事做，要升上高三了，收收心也好，所以自己慢慢地複習從高一開始的課業，想不到成效意外地好。

有時候念書念到黃昏的時刻，打開落地窗，看著遠處緩緩落下的夕陽，心裡會好感動，什麼時候自己也有這樣悠然的心情，懂得去欣賞大自然。

過去，我一直被生活推著往前，如今，開始學會偶爾停下來，停下來看看周遭的事物也很不錯。

原來換個環境，人真的會因此有所改變。

就這麼迎來了身為高中生的最後一個暑假。

2

搬出來到現在雖然只過了短短幾天，但是與家裡的接觸變少，漸漸感受到自己稍微脫離了那樣扭曲的環境，心境也朝向健康一些的方向發展。

對爸媽說我要好好讀書，不可能常回家，他們也沒說什麼，畢竟從以前到現在我都是意見很少的孩子，說要搬出來自己住這件事，已經是我人生到目前爲止最大的叛逆了。

手機響起，還不太習慣新的智慧型手機，按了好幾下才接通。

「筱青，在做什麼？」好朋友李思源同學去美國玩了半個暑假，這時終於出現了。

「沒什麼，發呆。」

「我剛從美國回來就打電話給妳，有沒有很感動？」

「嗯，很感動。」

「最近如何？我不在很無聊吧，要不要出去玩？」

「你還玩不夠嗎？」我笑著問他，李思源是個很認眞的人，對什麼都認眞，對生活認眞、對功課認眞，對玩也很認眞，是個全方位認眞的人。

這點我想我做不到。眞的靜下來想想，自己到目前爲止好像還沒有對什麼東西全心投入地認眞過。

和李思源約好了見面的時間地點之後，放下電話，想起該鞭策自己認眞一點，於是決定擬定計畫表，趁著暑假來做些事情不是壞處吧。

一、複習高一至高二課業。

二、自己旅行兩天（好吧一天也好，就是去體驗）。

三、要認識新朋友。

四、什麼都好，努力認真一次。

接下來……實在想不出更多了。好吧，先列出這些就好，免得做不完，徒增自己的挫折感。

想想過去的自己，好像什麼都普通，功課普通、頭腦普通、運動普通、人際關係普通……總之就是個不會讓人留下深刻印象的中段班女生。

沒有特別讓人驚豔的美麗，沒有過人的聰明，也沒有比其他人更努力，好像不知名的花草那樣自自然然地活著，有水分就會自己長大的感覺。

這樣普通的我，也曾經談過兩次戀愛，沒有想像中的轟轟烈烈，最後對方都用「我覺得妳沒有很喜歡我」來當作分手的理由。

李思源因為被我問了關於喜歡一個人的問題，去租書店租了十多本號稱名家作品的言情小說給我看，我看了幾本，發現好多床戲，最後又把這些書丟回去叫他自己看。

他起先笑我迂腐，自己看了之後，竟也像老頭一樣說：「世風日下啊世風日下。」

其實這也和世風日下沒什麼關係，就是覺得好像太矯情了，世界上真的有這種愛到死去活來的戀情嗎？

說真的，分手之後我總是困惑，「很喜歡」是什麼樣的感覺？

我不像很多人分手了會傷心得吃不下睡不著，也不會夜夜飲泣到天明，只是好像失去了一個朋友，心裡苦苦的，這樣而已。

連李思源都說我不正常。

所以第二次戀愛分手之後，我就有點看開了，人活著有很多更重要的事情，現階段對我來說，最重要的事情就是離開那個家，變成自由的個體，以後活著也會更自在吧。

或許只是還沒遇到一個人讓我「很喜歡」，不是我不正常。

正胡亂思考著，突然隱約聽見彈奏鋼琴的聲音，一個一個跳動著的音符，從空氣中輕飄飄地飛進了房裡。

眞好。

從以前到現在，我都羨慕會演奏樂器的人，像李思源練過幾年吉他，雖然平常老是嘻嘻哈哈地搞怪，但拿起吉他的瞬間，他就變得有氣質起來，整個人散發出沉穩的感覺，我想，應該是音樂可以改變一個人的氣場，讓人突然間轉變。

鋼琴的聲音非常清脆、悠揚而綿長地繼續著，聽著聽著，突然覺得好悲傷。這是首悲傷的歌吧，彈奏的人是不是很傷心呢？

不知道過了多久，鋼琴聲停止了，我也好像從夢裡醒過來。

這才發覺天空已經轉變成黑藍色，肚子也咕嚕咕嚕叫。

唉，小時候不僅沒學樂器，長大也沒學烹飪，肚子餓，只能出去買別人煮好的香噴噴晚飯吃了。

拿著錢包往外走，想去附近一家好吃的阿婆麵攤光顧，自從搬過來這裡，我就常常過去吃，吃到阿婆都認識我了，時不時地會替我加個滷蛋荷包蛋什麼的，感覺很親切。

感覺自己孤僻久了，對這樣的照顧和關懷都忍不住受到感動，於是常常「阿嬤」、「阿嬤」地叫阿婆，她也不介意我這樣稱呼她，漸漸地就習慣每天去吃碗麵或是滷肉飯配青菜。

走進電梯，按下電梯關門鈕，門關到一半又突然打開。我抬頭一看，有個男生頂著耀眼的金髮，戴耳機聽著音樂，耳垂上有個小巧金屬點綴著，慢條斯理地走進電梯，還自然地對我點頭示意。

是古惑仔？但住在這裡，可能是比較有錢的古惑仔？

年紀看起來跟我差不多啊，感覺卻完全不像一般高中生。

同住一層樓，以後我屋子的門要鎖好才可以。這時代果然變了，我的思想從年輕人突然間變成老古板。

電梯往下的同時，我還聞到他身上傳出來的香水味。

經過學校班導師慣用的香水味摧殘已久，本來以爲全世界的男用香水都帶著攻擊性，像芳香噴霧劑般以廉價的味道衝進別人的鼻腔，讓人不斷地想打噴嚏，又頭暈目眩。但今天從空氣中飄來的香味卻溫柔淡淡地環繞住我。

原來香水眞的有分等級。

眞想問他用什麼牌子的香水，可以寫週記告訴老師要換個香水用，我老是懷疑我們班導那瓶廉價香水可能已經用到過期還捨不得丟。

一轉眼到了樓下，那位古惑仔示意讓我先走出電梯。

好吧，他是有禮貌的古惑仔。

我傻了一下，還是輕輕說聲謝謝，然後忍住回頭偷看他的衝動，往門外走，他則是繼續搭電梯往下去車庫的樓層。

在前往阿婆麵攤的路上，我彷彿還聞到他身上淡淡的香味，在身邊輕輕地包圍住我。

3

一早，跟李思源約好去科博館參觀遊玩，並且「發掘自己的潛能、開發腦內的力量、增長知識」，李思源是這麼說的。

「爲什麼是科博館？」我不明所以地問他。「依照你的個性，應該是去月眉看比基尼妹感覺比較適合，爲什麼今天要約我來這樣一個有氣質有水準，跟你一點也不搭的地方呢？」

李思源只是挑高眉，問了我一句，「進月眉要穿泳裝，我約妳，妳會去嗎？」

「不會。」我非常斬釘截鐵地回答。「謝謝你如此了解我。」

「好朋友嘛，不要客氣。」

跟李思源會變成好朋友，是我人生中還滿意外的事情，一直以來，從國小到國中，我都沒有什麼特別要好的朋友，國中畢業時，大家流行寫畢業紀念冊，因爲沒什麼人找我寫，所以我自己很應景地跑去買了一本很漂亮的精裝筆記本，發現大家寫給我的都是「一帆風順」、「友誼長存」、「珍重再見」之類的客套應景話，沒有幾個人寫出曾經有過的回憶。

失落之餘，才仔細回想，自己好像也很少花時間和人相處，早上到校打聲招呼就考試，中午吃完便當就午睡，下課就到門口等我媽來接我。除了考試讀書之外，我很少做其他的事情，也無怪乎我的畢業紀念冊空洞得像沒有內容的紀錄片。

上高中之後，曾立志要改變這樣的狀況，當一個努力經營人際關係的人，但無論怎麼努力，好像都無法融入大家的世界，女孩們喜歡日本、韓國藝人和可愛的小東西，討論網拍和保養品，男孩們則討論女孩們、線上遊戲和運動。

這些領域，我幾乎沒有接觸過，所以常常只是一頭霧水地聽著。

「妳用哪種洗面乳？皮膚這麼好，推薦一下。」記得班上有女生這麼問我。

「我沒用過洗面乳，從小到大都用清水洗臉。」這是實話。

「喔。」她得不到答案，轉身走了，但沒多久我聽見她說：「裝什麼？不想讓人家知道自己用什麼嗎？」

「唉唷，搞不好她家很窮沒錢買。」另外一個女生這樣回答她。

然後她們呵呵笑地一起走掉了。

當下我眞的有點不開心，不過想想，與其勉強作朋友，或許早點看清也比較自在。

儘管如此，心裡還是很挫折，自己是不是不應該說實話？過了一陣子，我發現自己在人際關係方面毫無長進，跑去書局買了一本《如何學好話術》來準備研究。

某天下午，正在校園裡大樹下努力想讀懂這本書的時候，突然有個男生的聲音在旁邊響起，「妳在看怪怪的書嗎？」

沒料到有人會跟我說話，我嚇得書掉到地上。那男生一把撿起之後大笑，「如何學好話術？哈哈哈，這個看書沒有用，這是一本爛書，拿去退掉買兩杯飲料，讓我來教妳就好啦。」

這就是我跟李思源第一次的接觸。

也是我第一次知道他是我同班同學，那已經是高中開學過後的一個月了。

從那天開始，因爲有了李思源，我的世界突然間擴大許多。

李思源是那種外表看起來很樸實，實際上懂得事情很多的人，跟班上同學的相處也是這樣，乍看之下沒有和誰特別好，但是他和每個人都聊得起來，有時候看見他認認眞眞地和同學聊功課，有時候又看見他和一堆男同學討論熬夜看的NBA，好像什麼都知道，也跟大家都處得很好。

「你那時候爲什麼要找我說話？」之後我有次這麼問他。

「我發現妳總是很想跟人說話卻又不知道怎麼開口，最後自己一個人默默走開。」李思源很理所當然地這麼回答，「我要解救妳，因爲我是負責解決世界上所有難題的李思源。」

不過後來……。

是不是遇到神經病啊？那時候我心想。

「喂！」突然有個聲音打斷我的思緒。

定睛一看，李思源站在我面前瞪大眼睛，「我剛剛在講什麼妳都沒在聽對不對？」

「對，不好意思。」我趕緊道歉。

「妳在發什麼呆啊？」

「沒，想起……啊……」我趕緊岔開話題，「你剛剛說什麼？」

「我從美國回來立刻找妳出來走走，妳竟然心不在焉，眞是辜負我的一番好意。」

「對不起啦，就……就突然肚子餓，所以恍神。」

「眞的嗎？」李思源狐疑地看著我。
「眞的眞的。」
「好吧，那先吃東西好了。」
從高一到現在要升高三了，這兩年來，李思源帶給我許多正面的力量，班上也傳過我和李思源的緋聞，但很奇怪的是我們一直以來都沒有對對方產生任何朋友之外的感覺，倒是這期間我談了兩次戀愛，對象都是學長，也都只交往一個多月，很快地開始，也很快地結束了。
而不論發生什麼事情，李思源都一直在身邊。發現當朋友遠比當情侶來得長久，也更能說出心裡話，每當有什麼不開心，就拖著李思源到校舍頂樓聊天，他也總是保持一貫的認眞，替我分析事情。
人生中可能有許多可以談戀愛的對象，但眞正的朋友，往往只有寥寥幾個。
「李思源，跟你說喔……」吃完早午餐走回科博館的路上，我突然想起一件事。
「都過了這麼久，妳可不可以不要連名帶姓叫我，這樣會讓我誤以爲妳要找我打架耶。我不是說了很多次嗎？」李思源停下腳步，煞有其事地瞪著我。
「唉唷，我習慣了嘛。」
「妳習慣我可不習慣，妳爲什麼不尊重一下我的習慣呢？」
「好啦，對不起，不過這不是重點。」

「重點是？」

「重點是我現在搬出來住外面……」

「是喔，妳家裡人同意嗎？」

「當然同意才能搬出來的，我住的地方很漂亮，改天來參觀一下。」

「不好吧，孤男寡女的。」李思源曖昧地笑。「還是妳對我有意思？」

我白了他一眼。「笨蛋！重點還沒講完。我搬出來住之後，覺得心情比較好，還替自己擬定了幾個目標。」

「什麼目標？」

我一五一十地把目標告訴李思源，他聽完之後不住地點頭，「妳長大了。」

「不過，我要謝謝你。」我站在李思源面前，深深地一鞠躬。

「幹麼？向國父遺像行禮嗎？」他噗哧一聲笑出來。

「謝謝你帶我走到現在的世界，如果沒有你，我應該還在樹下讀那本話術，也不會有朋友吧。」想起那些過去，就覺得應該要向他道謝。

「幹麼謝呢。」李思源一笑，摸摸我的頭。「好吧，太熱了，快點進去裡面吹冷氣……不，我是說，快點進去吸收偉大的科學知識吧。」

我微笑，跟在李思源後面進了科博館。

生活，其實只要這樣就很快樂了。

從科博館回到家，走進門就控制不住地倒在沙發上。

今天花了五個多小時，「貨眞價實」一步一腳印地參觀科博館，我還以爲李思源說要逛科博館只是去看看，想不到他是眞的非常認眞走遍每個展場，仔細地把想看的東西都研究過，所以我們一直看到休館，李思源還意猶未盡地問我要不要明天再來一次，把沒看的東西看完。

「請讓我休息三天。」我這麼回答他，因爲我的雙腿已經走到發軟了。

原來科博館認眞參觀起來也是很累的。

本來想就這麼躺在沙發上睡到明天算了，但又想到一身臭汗不洗乾淨感覺很狼狽，於是掙扎著爬起來去洗澡。

洗完澡之後果然神清氣爽，精神也好起來。

打開電腦播放著巴哈的無伴奏大提琴。其實對古典樂一點研究也沒有，是李思源說巴哈可以讓人增強腦波什麼的，會幫助人類提升正面積極的思考態度，所以我現在常常沒事就會聽，聽起來眞的很舒服。

聽一聽會不會眞的變聰明？

從小到大，我都沒學過任何才藝，看著班上的同學學鋼琴、小提琴，補英文數學，我總是放學就回家，家裡也很少有人在，爸爸那時候到處做生意，媽媽也跟著。

小學時，記得有一回中午放學後，我在校門口等爸媽來接我，一等就等到了晚上九點，我害爸爸得開始哭，一直哭。

哭到警察先生來問我知不知道回家的路，把我帶回家門口，但家裡還是沒有人，警察先生只好帶我回警察局，等父母來接，後來我好像睡著了，醒來就在家裡了。

其實我心裡對他們沒有太大怨懟，只是難免也會懷疑我到底是不是被愛著呢？

小時候，看見同學都有爸爸媽媽來接，還會擁抱著問孩子今天過得好不好，那種笑容和擁抱常常讓我心裡很苦澀。

從小到大好像沒有被誰眞正重視過，也想體會一下那種用擁抱傳達溫暖的感覺。好像總是淡淡地存在，淡淡地生活著。

淡到彷彿這個世界沒有了我，也不會有誰爲我遺憾的感覺。

一直到遇見了李思源，他讓我覺得自己有人擔心，有人關注，好像可以變得更好。

高中的生活，也因此開始變得比較豐富。

去看電影、去遊樂園、逛科博館、去高美濕地看日落……很多事情，都是高中時期才初次體驗的。

想著想著，又聽見了鋼琴的聲音，有時反覆彈著同一小段，有時又突然間停頓下來，感覺彈奏著有點急躁。

過了一陣子，音樂聲慢慢地轉變，好像找回方向，開始變得連貫，但聽起來不太像古典樂。

我們這棟大樓總共八層，一層有四戶，聽這音量的大小，有可能在我們這一層。聽管理員說這一棟住的幾乎都是單身的人，單身又有閒情逸致彈鋼琴的人眞的不多。

趴在床上，靜靜地聽著空氣中流瀉的鋼琴聲。

「如果有一天遇到他，一定要好好向他道謝，謝謝他讓我聽了這麼好的琴聲。」迷迷糊糊地睡著前，我腦中閃過這樣的念頭。

一夜好眠之後，隔天近午時分再醒過來，下床時立刻感覺到渾身發出痠痛的怒吼。原來逛科博館對我來說已經是過度運動嗎？

梳洗完畢之後，想說今天天氣很好，是不是該出去實現流浪的目標呢？打開電腦，正想尋找流浪的目的地時，電話又響起來。還能有誰，不就是李思源。

「來吃午飯！」他開心地喊著，「我買了團購卷，一個人只要一百五十元，就可以吃義大利麵跟披薩吃到飽！」

「嗯，好啊。」

到達約定的地點，和李思源快樂地坐下吃飯，發現有個女生直盯著我們看，長相有點眼熟，但我想不起來是誰。

「有個人一直盯著我們看。」我傾身向前，小小聲地和李思源咬耳朵。

「我知道。」

「你爲什麼知道？」

「因爲她是我們班上的人。」

「眞的嗎？」

「嗯，那是范佳家，她今天看見我在Facebook上說要來這裡吃飯時，問我可不可以一起來，我說不方便，她還是自己來了。」李思源的語氣好像有點不耐煩。

「那怎麼辦？要約她一起坐嗎？」

「這樣好嗎？」

「不然很尷尬。」

兩個人偷偷摸摸商量了幾分鐘，還是禮貌性地對范佳家打了聲招呼，客氣地道歉說不好意思剛剛沒認出她，後來試探性地問：「要一起坐嗎？」沒想到對方一口答應，反倒是我們有點尷尬了。

「不好意思打擾你們約會。」范佳家看起來很秀氣，個子小小的，笑容很可愛。

「我以爲還會有其他人。」

「約……會？」聽到這兩個字我有點傻住。

「不是約會，好朋友不可以一起吃飯嗎？」李思源理所當然地回答。

用餐的過程中因爲多了范佳家這個比較不熟的同學，而且范佳家只跟李思源講話，這讓我突然變得不自在，感覺好像局外人。

我不太會跟人攀談，儘管這麼久以來看著李思源和人互動也學了很多，偶爾試著和陌生的人好好談話，也進步了一些，但面對不跟我直接對話的人，我也不知道該怎麼插話。

有點害怕自己在人群中被遺忘的感覺，也害怕和朋友處在同個空間裡卻相對無言的狀況。

還好李思源了解我的毛病，用餐的兩個小時內，他即使嘴巴塞滿義大利麵還是盡力講話，讓場面不要冷得太過分。

披薩跟義大利麵雖然好吃，可是面對那樣的氣氛總是覺得怪怪的，最後走出餐廳的時候，感覺三個人明顯都鬆了口氣。我再度忍不住想要對李思源行三鞠躬禮，要不是有他，這頓飯大家會吃得非常安靜、沉默又讓人消化不良。

想不到，佳家看著李思源，大方地問：「你們接下來要去哪裡？」

我跟李思源都愣住，然後他背對著我，手往後伸過來偷偷捏了我一下，接著說：「我等下要去補習。」

「我……我爸叫我回家拜拜。」還好這時候我反應不算太慢。

「那，你要去哪裡補習？」范佳家眞是個單純的孩子。

「我要先回家才去補習，所以……我們先送妳去坐車？」

然後李思源不等人家說話，就轉頭快步往公車站牌的方向走過去，范佳家只得跟在我們旁邊，還在有一搭沒一搭地聊著，李思源就一直用「嗯、喔、這樣啊」的敷衍話語帶過。

走到公車站牌的這五分鐘間，我都沒說話，李思源問了范佳家坐哪一路公車，她剛回答，公車就來了。李思源順勢說：「唉唷，妳公車好快就來了，這樣剛好，我也得快去補習了，拜拜。」最後還不忘補上，「下次再一起吃飯喔。」

看著公車絕塵而去，我突然笑出來。「李思源，你是這樣對待喜歡你的人嗎？」

李思源瞪了我一眼。「閉嘴喔妳。」

我不斷地哈哈大笑，突然覺得很開心。

「其實你很幸福的。」我對李思源這麼說。「佳家很可愛。」

「我說妳給我閉、上、嘴。」李思源凶惡地逼近我。

我邊大笑邊逃開。

單純而執著地喜歡一個人，爲了他出來吃頓飯，他去哪裡都想跟在身邊，這就是屬於這個年紀的任性吧。

眞希望我也能擁有這種任性，這種單純的喜歡。

什麼時候，自己也會成爲別人重要的存在呢？

因為李思源先生原因不明地異常沉默，為了賠罪，我只好拉著他去唱片行，看他最喜歡的韓國女子團體少女時代和ＫＡＲＡ的ＣＤ，藉由青春俏皮的少女偶像讓他笑逐顏開。

最近發現很少有男生抗拒得了韓國這些可愛的姊姊們，下課時總是會聽見他們在討論。

雖然說是姊姊，但其實有的人在年紀比我還小就出道了，原先覺得這些偶像也沒什麼大不了的，但由於李思源是個認真的人，他除了喜歡之外，還做了許多功課，做功課之外，還要負責推廣給周遭的朋友。所以我知道她們平常讀書之外，還要花多少時間練舞、練唱、練樂器練其他一大堆的事情，有的人才二十歲不到，就會出現軟骨退化、關節炎的問題，有的人離鄉背井單獨奮鬥，為了事業長期無法見到家人……在那些光鮮亮麗的舞台背後，每個人的故事都讓人不捨。

是啊，想想也不過十幾二十歲的人，卻要背負那麼大的壓力，真的是很了不起。

想想之後，發現我果真被李思源洗腦了。

他真的很猛，以後可以考慮當購物台專家，應該會靠著他這張嘴賺大錢，他有本事在短時間內扭轉一個人的思想，讓人徹底同意他的觀點。

就像現在，我莫名其妙地拿了張少女時代的CD回家，李思源破天荒第一次將心愛的CD出借給別人，還千交代萬交代絕對不可以刮到摸到用口水滴到。

「什麼用口水滴到？我又不像你會邊看邊流口水。」我抗議。

「這只是比喻，意思是說千萬要小心愛護，用妳愛……愛妳……」李思源想不出來我到底愛什麼，一臉苦惱地說：「愛妳自己的心情，去愛這張CD。」

「好，我知道。」

李思源不知道的是，我其實也不是很愛自己。

在電梯裡，我一直在想爲什麼我不是很愛自己，聽了李思源說的話，我突然間想到我不是很愛自己，但不知道爲什麼，我也被自己突然之間的念頭嚇到。

爲什麼呢？這問題令人百思不得其解。

「妳要出來嗎？」突然間，耳邊竟然傳來……英文？

我抬頭，想不到，說出這句英文的竟然是那天的古惑仔金髮少年。

「抱歉抱歉。」連忙道歉，這才發現已經到我家的樓層，我卻整個人擋在電梯門前低頭沉思。

我連忙走出電梯，讓他進電梯。

「妳喜歡少女時代？」他進去之後也不關門，就按著按鈕問我。這古惑仔英文說得比中文好嗎？不然爲什麼講話都用英文？

是台灣人就要說台語啊！

「沒……沒有，我朋友給我的。」爲什麼現在我會站在電梯門口，跟古惑仔練習英文會話？

「喔。」他喔了一聲，這聲倒是很標準的國語。

我點了點頭，然後轉身就往回家的方向走。

走了幾步，後面有急促的腳步聲逼近。

回頭一看，古惑仔衝過來了！難道……難道他喜歡我手上的少女時代CD？對不起，李思源，我會賠你一張新的，只是裡面附贈的卡片可能不是潤娥了。

他站定在我面前對我說：「跟我來。」

「爲什麼？」對啊，爲什麼？

他往前走，我不知道自己爲什麼要跟著，可能是怕被打。只是，他到底爲什麼要一直說英文，明明就一副台灣人的長相！

他在我家隔壁的門前停下，拿出鑰匙開門。我驚嚇得說不出話來，這古惑仔就住我隔壁啊！

「等我一下。」他回頭對我說，然後就進去他的房間，我站在門口偷看了一下，裡面燈光很暗，黑漆漆的，看不太清楚。

沒多久後，他走出來，手上拿著另外一張只用保護套裝著的CD。

「妳聽聽看這個，也很好聽喔。」

「喔。」我聽話地點頭。

然後他給了我一個微笑，接著就走掉，什麼話也沒有再說，連再見也沒有。

我拿著這張上面根本沒寫字的普通CD，站在那裡，腦袋一片空白。

原來，眞的會有因爲一個笑容而散發出光芒的人。那瞬間他好像突然不是古惑仔，而是天使了。

我傻傻地走回自己房間，把少女時代的CD放在一旁，迫不及待地把手上這片CD放進音響裡，接著，悠揚的琴聲流瀉而出。

這琴聲讓我驚訝得說不出話來。

原來，原來平常我聽見的鋼琴聲，就是這張CD放出來的嗎？

果然比少女時代更令人著迷，對不起，李思源。

不過這到底是什麼音樂，爲什麼連名字也沒註明？要燒錄CD的話，至少也寫上這是什麼曲子吧。

躺在沙發上，悠揚的琴聲比平常離我更近，也更清晰地在耳邊迴盪，不知道這是什麼名家的曲子，改天一定要問問看隔壁的古惑仔。

總共有十多首曲子，曲調都不太相同，有的聽起來比較像電子音樂，跟鋼琴配合在一起其實有點不搭，不過分開來聽都很不錯。

聽著聽著，總覺得自己腦海裡不斷出現古惑仔離開前的笑容。

雖然只是淡淡的笑容，卻有種無法形容的光芒，從那樣的笑臉中透出來。

我好像……有點被這個笑容蠱惑了。

6

睡前，雖然已經關上音響，但那音樂在耳邊不斷迴響著，我終於知道古人說的「餘音繞樑，三日不絕」的感受。原來眞的會有這樣的旋律，讓人沉迷其中。

眞的很想知道這是誰的專輯，不過又不好意思問那位鄰居，畢竟也不熟。

隔天醒來之後，就這麼聽了一整天，邊讀書邊聽，除了看電視的時間之外，其他時間幾乎都放著一直聽。

到後來，眞的壓抑不住那種想知道的心情，也不知道自己爲什麼那麼衝動，竟然可以鼓起勇氣去按隔壁的門鈴。

在門口等待的幾秒鐘，一度因爲覺得很丟臉而想跑掉，但後來還是硬著頭皮站在門口。過了一下子，終於聽到有人走過來的聲音。

那各像古惑仔的男生打開門，脖子上掛著副罩耳式的超大耳機，看見是我，就倚在門邊，笑著說：「哈囉，有事嗎？」

當然還是英文。

難道是美國回來的古惑仔？

「我……我想問你，你給我的CD是誰的？」要把中文轉換成英文再講出來實在需要些腦力。

開始後悔沒有從小開始勤加練習英文，現在講英文才會結結巴巴。

「我的啊。」

我當然知道是你的，我想要問作曲者！

作曲者，作曲者，我在腦中不斷尋找英文單字。「我是問，是誰寫的曲子。」

問完這個問題，他笑得更開了。「就說是我啊。」

不知道是因爲他的笑容，還是因爲這個令人震驚的答案，我頓時有幾秒鐘無法思考，腦袋呈現空白的狀態。

過了幾秒，我回過神，「你……那片CD裡所有的歌都是你寫的嗎？」

「嗯。」他露出滿意的笑容點頭。

見我沒反應，他接著問我，「跟少女時代的歌相比，妳覺得怎麼樣？」

「其實……」我偏著頭，正在進行中翻英的動作。

「怎麼了嗎？」他可能看我有點遲疑，所以又說：「沒關係，如果不好，妳可以直接說。」

「不是，我正在想要怎麼說，我的母語不是英文，等我一下。」哈，想不到他也會緊張耶。「其實我回家就先聽你的ＣＤ，聽完之後，就停不下來……」

「這樣啊。」他又笑了。

不知道爲什麼，他笑起來和不笑的時候感覺完全不同，第一次見面時，他面無表情地走進電梯，我眞的以爲他很凶惡，但爲什麼嘴角稍微勾起這樣的弧度，會產生完全不同的感覺呢？

會突然間變回孩子般天眞那種感覺，笑容非常純粹而美好。

「請問，你爲什麼要說英文？」這問題說出口我就後悔了，哪有人問這種蠢問題，應該問他從哪裡來才對。

「因爲我不會說中文。」

「那你是美國人嗎？」這不是廢話嗎？

「不，我是韓國人。」

韓國人！原來韓國人跟台灣人長得一樣。

「那……那ＣＤ我什麼時候要還給你？我可以燒一片放在我自己家裡聽嗎？你放

心，我不會給別人，也不會放到網路上。」

「那是要送給妳的，那天看見妳拿少女時代的專輯，她們是很棒的團體，不過我希望妳也聽聽看其他人的曲子。」

「嗯，謝謝，那沒事了。」話題應該到此結束，因爲我想不出其他問題了，以後如果要來跟他聊天，應該要先用英文列好想問的問題和可能的對答，不然光是中翻英英翻中，我就快要當機了。

因爲沒話題，我轉身，想趕快回房間拿出空中英語教室好好練習一下。

「那個……」他叫住我。「謝謝妳喜歡我的音樂。」

聽到這個，我不禁微笑。「眞的很棒，我之前就聽過附近有鋼琴聲，覺得很好聽，常常會想這是誰彈的，沒想到是你。我才想謝謝你，因爲你的音樂讓我放鬆了自己。」

講完之後我覺得不好意思，人家沒有要彈給我聽的意思，我一直自以爲是地聆聽著他的音樂，還大言不慚地謝謝人家。

「我叫霽永，妳叫什麼名字？」

「我叫筱青。」機永？基勇？急用？其實我聽不清楚。

「筱……青。」其實這發音對他來說不難嘛。

「你可以再講一遍你的名字給我聽嗎？我聽不太懂。」聽不懂就算了，萬一往後見面時，叫人家名字還發錯音不就很失禮。

「妳進來，我寫給妳看。」他讓開一條路，此刻屋裡的窗簾都拉開了，我這才突然看見他的屋子到處充滿了樂器，還有一間透明的錄音室。

「哇！」我忍不住像個笨蛋張大了嘴。

「歡迎光臨我的工作室。」

他到底是什麼樣的人？

這前後不過幾分鐘，我竟然像意外進入童話世界裡的愛麗絲一樣，來到全新的世界裡。

7

他一筆一畫地寫著「權霽永」，我這才終於了解原來他剛剛說的是這幾個字，發音還眞是有點差異。

原來韓國人會寫漢字，乍看之下還寫得不錯，一直以爲韓文充滿圈圈叉叉三角形正方形，想不到竟然也有漢字，我眞是太孤陋寡聞了。

而且他的名字有點難，眞是難爲他要學寫這麼難的名字。

我把自己的名字也寫在紙上給他看，用筆點住，一個字一個字順著唸，「柳、筱、青」。

「柳筱青。」他也跟著我的發音唸，順便標註上韓文。

這個寫字的動作，突然間我讓心裡好像有什麼東西抽動了一下，感覺說不上來的怪。

初次遇見和自己一樣黃皮膚但不折不扣是個外國人的人，來自一個語言完全不同的國家，沒想到可以這樣彼此溝通，而且他還寫出了讓人非常心動的樂曲。

那些旋律，到現在我都沒有忘記，儘管我什麼音樂也沒學過，也不常聽流行歌曲，但不知不覺地就這麼喜歡上每天聽見的鋼琴聲。

覺得自己眞的像愛麗絲，不小心掉進一個從未見過的世界裡，既驚慌又有些驚喜與期待。

他看我寫完名字之後，也在紙上練習寫我的名字。

他的桌上有許多已經用過的五線譜活頁紙，上面畫著許多我看不懂的音符，還有許多韓文，韓文眞是一種奧妙的文字，看起來像是亂塗鴉，但又是貨眞價實的文字。

「爲什麼你會來台灣啊？」忍不住自己的好奇心，雖然不知道這樣會不會不禮貌，還是開口問他。

本來在練習寫字的他抬頭看著我，「工作。」

「工作？什麼樣的工作？」

「音樂。」他偏著頭想了一下，接著說：「音樂這工作很迷人，但需要很多很多的體驗，所以有時候，人需要流浪，才能有新的感受。」

「喔，原來是這樣。」流浪，我也這麼覺得。

眞的需要到某個地方完全放空，讓自己停留在當下的景色和時空裡，或許人的想法會完全不同。就像擁有瀕死經驗的人，在重新活過來之後，人生觀會大幅度地改變。

覺得自己需要一種刺激，讓自己改變，儘管不知道這樣的改變對我來說到底好不好，也不知道自己應該要變成怎麼樣，但就是覺得自己現在卡住了，我卡在一個連自己都不太喜歡自己的地步，已經太久了。

「之前去過日本，這次來台灣。」他又低頭繼續練習寫名字。

「你要在這裡多久？」

「也不知道，如果覺得足夠，日期也差不多，就會回去。」

這句話我怎麼聽不太懂，難道是因爲我英翻中的能力很差嗎？什麼叫日期差不多？不知道自己爲什麼突然有點急切，但就覺得我還想多知道一些。

「你幾歲啊？」對不起我會的英文不多，只好問這個。

他用一種高深莫測的眼神看著我。「祕密。」

「那我猜猜看，你……二十歲？」

「不是，我覺得應該跟妳差不多，妳二十歲嗎？」

「怎麼可能？我是高中生，貨眞價實的十七歲。」

「喔，妳十七歲啊，我多妳一點點。」他露出牙齒微笑。

突然發現他的笑容和音樂一樣有魔力，會讓人著迷，那種中毒似的上癮。

這時候再看他的金髮跟耳環，也不覺得那麼刺眼了。人對人的第一印象並不總是準確，不知道他第一次看見我有什麼樣的感覺呢？

如果不是因爲那天那張少女時代的專輯，或許我對他的印象會永遠停在不良少年，而不是像現在這樣，還可以進到他的迷你錄音室裡，和他對坐聊天。

「那些音樂，在你回韓國之後會變成怎麼樣？你會唱嗎？」

「還不知道，那是我的作業，每天都要傳回公司，結果怎麼樣不是我決定。」

我就這樣胡亂發問，他也都簡單回答，不會太仔細地向我解釋。我想也是，其實我隱約知道自己的問題太多，而他並不需要和我聊太多這些事情。

我明明知道自己太積極了點，卻又停不下來。

沒多久之後我找了個理由先行告別，感覺他好像有些事情要做，卻被我耽誤了。

走回自己房間，我打電話給李思源。

「哇！今天吹什麼風，竟然讓大小姐妳主動打電話給我？」李思源依然展現了誇張的演戲天分。

「跟你說喔，我今天認識一個新朋友……」不知道為什麼，我覺得超開心，就想要趕快把這消息跟他分享，畢竟我要交新朋友不是件容易的事情。

從以前到現在，我都沒有主動認識過誰，唯一的好朋友李思源，也是因為他鍥而不捨地和我分享生活上的一切，我們才能夠走到今天的地步。

今天我自己主動去認識一個人，李思源也肯定會跟著我一起開心的。

「新朋友？哪裡認識的？」

「我鄰居，他是韓國人耶……」

「什麼？韓國人？」李思源聲音高了起來。「難道妳忘記了國仇家恨嗎？」

「這跟國仇家恨有什麼關係？」我不解地問。

「當然有關係啊，從最早的瓊斯盃籃球賽開始，到世足賽，到近幾年的跆拳道比賽，韓國人都作弊耶！還有故意不公平偏袒自己選手耶！怎麼可以跟韓國人當朋友！」

雖然這些不光明的手段的確不對，可是那跟我今天認識的人又沒有關係。「可是……他真的是一個好人。」

「妳怎麼知道他是好人，民族性，民族性啊妳知道嗎？這就是一個國家的特性，他們的特性就是卑鄙下流啊。」李思源講話真的很誇張。

「我要生氣了，再見。」有點生氣，所以結束了通話。

為什麼不能跟著朋友一起開心？

姑且不論對方是哪裡人，重點是，我長到這麼大，第一次主動會認識一個人，也是我第一次自自然然地對話的陌生人。

正在生氣的當下，鋼琴聲音又遠遠地傳來。

「笨蛋李思源。」我趴在窗台上聽著，不知不覺哭了起來。

8

我一整晚都不肯接李思源的電話，隔天早上十點不到，他竟然衝來我家按電鈴。從對講機一看是他，本來不想理會，但又問自己爲什麼要這麼小心眼？於是按下對講機，「什麼事？」

「唉唷，對不起。」

「我好不容易認識一個新朋友耶！」

「好啦，妳開門讓我上去講好不好？」

對講機畫面中，突然出現人影走過，我一眼認出是霽永。他拿出鑰匙俐落地開門，李思源也跟著尾隨進來。

沒多久，我家門口就出現「咚咚」的敲門聲，心不甘情不願地打開門，發現霽永在他家門口，看見是我，對我微微一笑，隨即開門走進屋裡。

只是這麼一笑，那些烏煙瘴氣的心情也突然消失不見，忍不住跟著微笑起來。霽永眞的有種奇怪的力量耶。

「喂，我站在這裡，妳爲什麼對著其他人傻笑啊？」李思源的聲音突然出現。

我嚇了一跳，往後退兩步。「對喔，你爲什麼會在這裡？」

「什麼我爲什麼在這裡，不就是妳小姐不接電話，讓人不知道該怎麼溝通嗎？話說……剛剛那個金毛獅王就是妳電話中說的韓國人嗎？」李思源自顧自地走進我家，大刺刺地坐在沙發上。

「什麼金毛獅王，你很沒禮貌耶。」

「妳昨天爲什麼會這麼生氣啊？」

我沉默不語，不想回答這個問題。

朋友之間有些話還是不要說得太直，雖然是朋友，心裡還是會有疙瘩的吧，我是這麼想的。聽見別人的批評，我經常告訴自己要忘記，要讓它過去，但有時候難免會想起來那些傷人的話語，我眞是這樣的人嗎？有時候也會對自己有所懷疑的。

有時候沒想到自己傷了人，但是言語就是這麼尖銳而細膩的東西，有些人很容易被刺傷，有些人則對這些免疫。

李思源還是我的朋友，他可以不懂我的心情，但我不能因爲他不懂而去責備他。

「怎麼不說話？」

「沒什麼。」

「幹麼悶著不說？」李思源顯然對這樣的答案不是很滿意。

「我只是覺得認識新朋友很開心。」

「妳認識新朋友，我當然也很開心，但是……」

「但是什麼？」

「他是韓國人啊。」李思源猛抓頭。

「少女時代她們也是韓國人，你還不是喜歡得要命。」奇怪了，自己喜歡韓國人就可以，我認識韓國人就不可以。

「那不一樣，那是娛樂，妳這是近距離接觸啊。」

「哪裡有什麼不一樣？」

「因爲當朋友跟只是聽聽歌不一樣啊。」

「我是聽完他的歌才認識他的啊。」

「什麼意思？」

「就……這個意思。」本來想把霽永的音樂放給李思源聽，但想起這是霽永的隱私，他給我這些東西，在沒有得到他的同意之前，我不應該到處散播，這是禮貌。

也或許只是我的一種私心。

那些美妙的音符，放鬆而美麗的感覺，我只想一個人獨佔，不想和其他人分享。

「講話沒頭沒尾的。」李思源不知道在那裡碎碎唸了什麼，我一句也沒有聽進去。

如果真像霽永說的，那麼他多久之後會離開呢？

突然想到這個問題，開始有點焦慮。

好像許多小說描述的，即便只是在廣大的湖心中間丟下了一顆小小的石頭，引起的漣漪也會一圈一圈無限地往外擴展。

霽永這個人，就像那顆微小卻帶著巨大影響力的石頭，在我心裡，緩慢而穩定地開始打亂我所有的思緒。

「喂？小姐？有人在家嗎？」

猛一看，發現李思源的臉靠近到只離我十公分左右，我嚇得往後退一大步，差點撞上桌子。「什麼？」

「我在這裡問妳那麼久，妳卻像中邪一樣傻愣愣地看著地板，一點反應也沒有，怎麼了啊？我是不是應該叫救護車？」李思源伸手就按住我的額頭。「沒發燒啊。」

我輕輕閃開他的手。「我……沒事啊。」

「我看妳真的怪怪的。」

沒再回答他，心裡面有種想要守住自己祕密的念頭。

認識李思源以來，很多事情都會和他分享，連我最不喜歡談的家事，有時候如果想起來眞的不開心，也會稍微對他抱怨一下。

但這次的事情，不知道爲什麼，我就是不想再談，不想跟李思源多說什麼。

「餓了嗎？要一起去吃飯嗎？」

「對不起，你讓我想一想。」

李思源一臉狐疑。「妳到底怎麼了啊？怪怪的。」

「我沒事。」

李思源這下子也不說話，自己一個人坐在沙發上。「好，那等妳想要吃飯時再一起去吃飯。」

「你不要這樣。」李思源生氣了，我知道。

朋友之間難免會有衝突，但這倒是我第一次看見李思源不開心的樣子，平常他總是嘻嘻哈哈的好像什麼煩惱也沒有，每天都有好多新奇、開心的事情可以和我分享。

他確實帶給我非常多的體驗跟非常珍貴的友情。

但，眼前我所擁有的，是一個我不願意分享的祕密。

關於霽永，關於他的音樂，還有，他的笑容。

我的人生中似乎第一次感覺到世界上眞的有那種不可抗拒的力量，推著我往一個未知的世界前進。

有點惶恐，又有些期待。

原來，擁有祕密的感覺這麼刺激。

想著想著，就覺得自己好像突然間長大，要開始面對複雜的問題。

「想吃飯了沒？」李思源雖然在生悶氣，還是每隔幾分鐘就問一次，讓我也覺得好笑起來。

雖然有不可以讓他知道的祕密，還是要繼續當朋友吧。

「想吃什麼？」我終於回了他一次話。

李思源聽了，從椅子上跳起來。「妳家附近的話，妳應該會想吃阿婆麵吧。」

不愧是我的好朋友，連我的口味都清楚。「好啊。」

走出門時，忍不住回頭望了霽永的家門一眼，心裡暗暗希望他也好好走出來，再給我一個微笑。

空氣中還殘留著他剛才經過時的香味。

好像只要深呼吸就能感覺到他。

吃完飯，我和李思源去書局找參考書。他說今年要考全民英檢中級，想找參考書來練習一下題庫的部分，我想到他平常上英文課和老師對答如流的模樣，應該不用練習什麼也可以輕鬆過關。

說到這個，我最近這樣，除了加強英文之外，是不是也應該學點韓文？這樣才能和霽永溝通……

想到這裡，不自覺地臉紅起來。我在想些什麼？爲什麼現在什麼念頭轉著轉著都會想到霽永身上去？

「妳發燒啊？」李思源拿著書晃回來。

「哪有？」

「那爲什麼臉那麼紅？」

「太陽太大。」隨便說個藉口之後，我趕緊發問：「最近我也想加強英文的口說，要買什麼書會對口說比較有幫助啊？」

這問題問到了李思源的專長，只見他滔滔不絕地開始分析英語能力的四大部分：聽、說、讀、寫，然後就各個部分，替我分析應該要做什麼樣的準備，感覺好像第四台會出現的股市分析師。

「……所以，我覺得妳應該買這本。」李思源舉起一本雜誌。「這裡面有各種資訊，會介紹人文地理科學等各個領域的新知識，又附有光碟，可以反覆聆聽，還提供例題可以練習，另外還附互動光碟，只要妳電腦有麥克風就能練習……」

懶得聽完後面五百字的解說，我趕緊接受他的推銷，從書架上拿起一本抱在懷裡。

李思源講著講著也拿了一本。「妳還要買什麼？」

「呃……」總不能說我要買韓文教材吧。「我再看一下小說，然後要上樓買筆。」

「好，那我先上去看筆好了，最近想買那種很多顏色的筆，方便寫筆記。」

「嗯，你先上去。」看著李思源爬上二樓，我這才小心翼翼地在語言區仔細尋找韓文教材，出乎我的意料，我發現學習韓語的課本種類非常多，多到讓我眼花撩亂，不知道該怎麼選，最後選了一本看起來很基礎的入門書，趕緊在一樓先結帳，請櫃臺先幫我用紙袋包起來。

上了二樓，我左顧右盼一下，看見李思源站在展示架前面，沒有在找筆，卻和站在旁邊的短髮女生講話。

咦？難道是搭訕嗎？偷偷觀察一下狀況好了。我悄悄走到展示架對面，想要偷聽他們在講什麼。

「你今天一個人來嗎？」這是女生的聲音，這聲音……是不是在哪裡聽過？

「不是，我跟筱青一起來。」

「你……跟柳筱青在一起啊？」

這是什麼樣的誤會？我有點想上前澄清這個謠言，但又擔心，這樣胡亂跳出去解釋，只會更加讓人誤會。

這女生到底是誰，問這種問題，表示她認識我，可是我一直想不起來這是誰的聲音。

「沒有，我們只是好朋友。」李思源的聲音略顯僵硬。

「那你是不是喜歡她？」

「妳問這個做什麼？」李思源顯然開始失去耐性。

「沒有啊，我在想，如果你沒有喜歡她，爲什麼常常找她出來，上次去科博館你也找她一起，現在逛書局又和她同行，如果你不是喜歡她的話，怎麼都跟她在一起？」

科博館！

那天的回憶終於回來我腦海裡，原來這個人是范……什麼家同學。

她去剪了頭髮，難怪我認不出來。人換了髮型之後，性格也會變嗎？上次她說話沒有這麼犀利，也沒有這麼不客氣的感覺啊？

難道是因爲剪了很流行的小三頭，所以整個人講話也變得有攻擊性嗎？

「那是因爲世界上有『好朋友』這種人際關係的存在，難道妳沒有朋友嗎？」我看不見李思源的表情，但能想像他現在肯定是在假笑。

「我……當然有啊。」范同學好像意識到剛剛自己話說得太犀利了。「只是隨便問問，你不要想太多。」

「我不是容易想太多的人，希望妳也不要想太多。」

「啊，你也在看這本雜誌啊，我家有訂，你不用買，我可以拿我的送給你。」范同學轉了個話題。

她還滿厲害的，要是我，話題就會斷掉了，我要向她多學習，以後和霽永講話才不會沒事就講到冷場，兩個人沉默無語很尷尬。

「送給我的話，妳自己要念什麼？」

「那個是媽媽幫我訂的，其實我很少在聽。」

「既然訂了，就要好好聽，這樣才不會浪費妳爸媽的錢。」

「送給你也不會浪費啊。」

好厲害的范同學，眞的很會說話耶。我內心不斷地讚賞范同學，她眞是個會聊天的女生，去科博館那天，她不怎麼說話，是因爲有我在場嗎？還是她那天心情不好？還是這是雙胞胎姊妹？

「不好意思，我要去找一下筱青。」

「等、等一下。」

「還有什麼事呢？」李思源又在假笑，我聽得出他假笑著說話時，那種有點緊繃的聲音。

「我也可以……當……你的好朋友嗎？」這句話講得不太順暢，但是對我來說，這已經需要非常大的勇氣了，范同學真的很有膽量。

「當然可以啊。」

「眞、眞的嗎？」

「只要……」

後面他說什麼我沒再聽下去，趕緊躡手躡腳地走回樓梯口，往樓下走去，再假裝成剛上樓的樣子。一上樓，就對上李思源板著臉的表情。「筆買好了嗎？」

「好了。」李思源揚起手上的筆管跟筆芯，原來他剛剛眞的有在選。

「哈囉，筱青。」范同學從李思源身後探出頭。

「妳好。」我點頭微笑，假裝很驚訝地說：「妳也來逛書店？」

「走了吧。」李思源不等她回答，拉著我就要走。

「我還要買筆。」我指著二樓的某處。「你忘記了嗎？」

「對，我忘記了，走，我們去挑。」李思源臉色有點怪，但是他盡力不表露出心情，回頭對范同學說：「佳家，不好意思，妳忙妳自己的吧。」

原來她的名字是佳家。

「一起挑吧，反正我也沒事。」佳家面帶笑容地說，接著跟在旁邊，問我平常習慣用什麼筆，然後又說她自己喜歡用哪一種筆，開始和我交流心得。

我則是因爲剛剛聽到的事情，對她完全改觀。本來以爲她是個內向害羞的人，想不到今天表現得如此積極正面富有勇氣。

過了一會兒，她竟然挽著我的手臂，親暱地聊起天來，三不五時還會夾雜一些關於李思源的問題。

等我買完筆結了帳，才突然驚覺到，從剛剛范佳家說了「一起挑吧」之後，李思源一句話也沒有說。

10

搭公車回家時，我心裡一直覺得怪。

平常那麼吵鬧的李思源，後來竟然什麼話也步說，只是淡淡地向我揮手道別。看著他和范佳家並肩站在公車站牌下，我心裡竟然有一種怪怪的感覺。

是因爲李思源的面無表情，還是因爲范佳家的滿臉笑容呢？

不知道為什麼，總覺得李思源對范佳家的態度好像不是很好，和平常不太一樣。明明他平常對人都是一副人畜無害好相處的樣子。

想不通。

時間逼近下班，路上的車潮多了起來，公車也走走停停的。我索性拆開紙袋，拿出韓語課本先研究一下。首先是母音，我看著這些圈圈和直線，試圖唸出圖片裡的音，但也不知道自己這樣胡亂唸一通到底對不對。

看了幾分鐘，發現自己好像學不到什麼，就闔上書。

我又繼續想著今天李思源怪異的行徑，他明明說可以和人家當好朋友，卻表現得一副疏遠的樣子，真的很怪，晚上應該要打電話關心他。

好不容易回到家，立刻迫不及待地打開電腦，攤開韓語課本，準備進入學習模式。以前從來沒這麼認真想要學語文，除了在學校練習英文，以前報名補習班的語言課程，最後也都只是買課本回家，上了幾次課就荒廢了。

學習的動機果然很重要。

「啊——一——」我跟著CD的內容唸課本裡面的字母，只是有些音聽起來好像，唸起來感覺自己有點大舌頭。

重複聽了幾十遍母音發音之後，好像開始抓到一點點訣竅，慢慢記住這幾個可愛的圈圈字母時，門鈴響了。

一開門，發現是霽永站在門口，我嚇得差點連招呼也忘了打。「嗨！」

「在學韓文？」他帶著笑容，輕描淡寫地問。

聽完他問這句話，我當場羞愧得想逃跑。剛剛因爲想聽清楚母音的發音，把電腦音量調得稍微大了些，完全沒想到既然他家的音樂聲音可以傳過來我家，我家的聲音應該也會傳過去。

「是，吵到你了？不好意思，我會調小聲點。」

想到剛剛自己傻傻地一直唸「啊」、「一」、「嗚」、「喔」的聲音都被聽見，就覺得好丟臉，人家家裡傳出來的可是非常棒的音樂，結果我竟然用破爛韓語打擾身爲韓國人的他。

「不是這樣的，妳想學的話，我可以教妳。」

「啊？」我睜大眼睛。「你有時間嗎？」

「每天半小時的話，我還抽得出時間來。」他偏著頭思考了一下。

每天？他剛剛是說每天嗎？還是我聽錯了？「你願意每天教我？」

「如果眞的想學，我來教妳應該比較快吧。」

「嗯，好。」也不知道哪裡來的勇氣，我竟然沒有推辭就答應了。

從小到大被義正辭嚴地教導著絕對不可以相信陌生人，不可以去陌生人的家，不要單獨和陌生男子相處……這些話，此刻都被我拋到腦後。

「過去我那邊，還是在妳家？」

「去你那邊好了。」

正在整理課本和CD，準備帶過去時，霽永笑笑地開口，「妳拿CD做什麼？我唸不就好了嗎？」

「對，沒錯。」我傻愣愣地放下CD。「你是韓國人。」

「對，我是韓國人，走吧。」霽永依然站在門口等我。

我帶著課本，跟在霽永身後來到他家。

進門之後仍然聞到他身上香水的味道，只是有些淡了，混合著一點不明顯的菸味。

我從來沒料到，自己竟然會單獨跟著一個認識沒多久的男生回到他家，這完全違背我一直以來奉行的原則。

即便是男朋友，我也不會單獨和對方在房間裡相處。

當然，李思源對我來說已經比較接近親人了，他給我的感覺，像一直以來照顧我的哥哥。因爲媽媽只生了我一個小孩，我不太了解所謂的手足會是怎麼樣的相處模式，但李思源一直照顧我、包容我、教導我，比起哥哥，有時候更像父親的角色，只是話比較多。

總結過去人生的每一刻，都沒有讓我像現在般，體會到這種有點離經叛道的刺激。

我開始明瞭爲什麼過去的男朋友會說我不夠喜歡他們，即便是在和他們交往的期間，我也從來沒有因爲他們的笑容、牽手或者是親吻，而有這種激動的情緒。

原來心臟怦怦跳著，是這樣的感覺。

「坐下吧，喝點什麼？」

「水就好，謝謝。」

沒多久，霽永倒了杯水放在我面前，接著翻開我的課本開始講解。因爲裡面很多中文，有些意思他看不懂，還會請我再用英文解釋。

雖然看得懂漢字，但有些意思他其實是不明白的。

我們就用英文互相溝通，在這樣的情境中，開始了我的韓文學習之路。

他說他也可以因爲和我相處，藉機練習一下中文。公司很注重語文的練習，多學會一種語言，對他們來說都是優勢。

「現在的流行音樂界，已經不再是一個國家的流行，而是全世界互相流通的趨勢，所以除了英文之外，我們還要學日文，學中文，就是期待能夠把自己的音樂推廣到更多地方去，讓更多人聽見。」

「你想要當怎麼樣的明星啊？」我忍不住對他的世界好奇起來。台灣藝人都是「碰」一聲就莫名其妙地出道了，很少像他們這樣訓練很久才出道。

「當一個永遠都認眞的角色，認眞做音樂、認眞學習、認眞唱歌，不論做什麼都全力以赴。」霽永沒有多思考，很堅定地這麼回答我。

對於一個十幾歲的人來說，他的話語，堅定得讓我不敢相信。

相較之下，差不多年齡的我，所擔心的事情只是書念不完、交不到朋友、爸爸媽媽的問題這些事情，顯得很幼稚。

在我不知道的地方，已經有些人，爲了自己的夢想努力了非常多年。

而我，只是跟著歲月的浪潮，不斷被推擠往前，如此而已。

那瞬間，我體悟到自己和他之間的距離，是如此驚人的遙遠。

11

兩個人聊著聊著，不知不覺天色變得深沉起來。

雖然只是短短幾十分鐘，除了母音教學之外還夾雜著聊天，但有了正統韓國人的訓練，很快就可以進入學習的最佳狀況。

「謝謝你。」

「不用客氣。」

想起今天厲害的范佳家，我突然也覺得自己應該要多表達自己。「爲了表達我的感謝，我請你吃飯吧。」

「一起吃飯可以，但沒有讓女生付錢的道理。」

「好，那去吃飯吧。」我還現學現賣了一個單字，「飯。」

「哈哈。」這是我第一次聽見霽永笑出聲音來，除卻他超齡的成熟穩重，這面具底下，還是一個十幾歲的年輕人啊。

我覺得自己好像有一點點改變。

以前老是覺得生活沒有太大的樂趣，過一天是一天，家人不會因爲我長大而特別關心我，同學也不會比較好相處，努力歸努力，但不一定會有收穫。

總想著就這麼普通地過下去，好像也沒有太大壞處。

人家說喜歡我，如果對方給我感覺還不錯，我就試著和對方在一起，牽手也好，親吻也好，理所當然認定這就是一個十幾歲學生的生活。

一直以來，我都是這樣平淡地生活著，沒有太大的風浪，沒體會過太辛苦的事情，也沒體會過太快樂的事情。

直到現在，聽到霽永談論的夢想和將來，才發現原來所謂的堅持和認眞是這樣的方式，那種咬著牙努力的汗水，和我爲了應付考試半夜讀書的態度完全不同。

一同散步去吃飯的路上，他聊了些公司的事情。他來台灣之前，一天要花上將近十二個小時上課，包括舞蹈、語文、音樂……有時候練到神智不清，還是要洗把臉，繼續下去。

「不知道什麼時候有機會，所以隨時都要準備好。」他很堅定地說：「有一次練後空翻時，因爲實在累了，翻的時候沒抓好角度，頭整個撞在地板上，瞬間眼前一片黑，不過還是咬著牙撐著，站起來繼續練習。」

「好可怕。」光是想像就覺得很痛。

「其實事情過去也就沒事了。」霽永的語氣仍然輕鬆自然，好像那都是別人發生的事情。

雖然還不是很熟悉，然而面對一個生活在截然不同的世界裡，人生態度和我完全迥異的人，我突然覺得自己好渺小。

我還在爲了爸媽比較疼愛妹妹的事情煩惱時，人家已經爲了將來，每天奮鬥十二個小時。我站在書架前爲了要買什麼筆而猶豫時，人家正爲了交出每天的作業按著鍵盤咬著鉛筆在作曲……

每天每天，無數個小時加起來，造就了今天他這樣的沉穩和氣質。

吃完飯各自回家後，我坐在自己的書桌前看著韓文課本，上面有他的字、我的字，還有一些聊天時的亂塗鴉。

看著看著，突然之間，我發覺自己內心好像有了陌生的情緒。

一種酸酸的，苦苦的滋味。

耳邊聽著的，還是霽永的音樂，眼裡看著的，是他寫給我看的韓文字母，我突然意識到，或許自己已經想從普通人變成一個特別的人。

變成在別人心裡特別的存在。

怎麼辦？

原本我想當個不容易受傷、不容易感到難過的普通人，可是就在我認爲自己可以永遠這麼普通下去的時候，遇見了一個讓我在意的男生。

只是相處了幾小時，眞的只有幾小時，他就一直一直跑進我的腦海裡，跑進我的思緒裡，跑進我的生活裡。

這些複雜的情緒一一湧現，我開始有點害怕自己會招架不住。

人，一旦打開了那些禁忌的情緒開關之後，就再也關不掉了。開始喜歡一個人，或者是恨一個人，體會過那些酸甜苦辣綜合的味道，就再也無法回到原本平淡的生活。

如果他一直維持古惑仔的形象就好了，這樣我就不會想要認識他。如果他不要擦味道這麼好的香水就好了，如果他的音樂不要這麼好聽，如果他的笑容不要這麼可愛，如果他的個性不要這麼親切，如果他是個奇怪的爛人就好了……

這樣我就不會老是不知不覺間發現自己想著他。

有一段旋律跟音樂不停地重複，爲什麼呢？

啊！我忘記自己把手機的來電鈴聲換成霽永的音樂了！

趕緊手忙腳亂地找出手機接聽，「喂？」

「在忙喔？」難道會打電話給我的人就只有李思源了嗎？

「沒，在學……英文。」我心虛地說。

「好用嗎？我剛剛聽過，覺得還不錯，只是還沒試互動光碟，妳試過了嗎？」

「沒……」望著根本還沒拆開膠膜的英文雜誌，這下子更心虛了。

「那我試試看再跟妳說。」

「好。」

突然想起今天李思源不太對勁的樣子。「你還好嗎？」

「怎麼這麼問？」

「因爲今天後來你都不太說話，覺得有點奇怪。」

「那是因爲……」李思源有點遲疑，「遇到不想遇見的人。」

「范佳家？爲什麼？」對啊爲什麼，平心而論，她是個可愛的女孩啊。

「她應該不記得了，但是我認得她。」

「怎麼了？」怎麼愈聽愈不懂啊？

「她以前曾經做過很不好的事情。」李思源的語氣變得很沉重，「雖然她當時不認識我，但是那些事情我全都知道，到現在，我都沒有辦法原諒她。」

「是……」我不知道自己該不該繼續問，李思源的語氣聽起來和平常完全不同。

或許我也錯看了李思源，他並沒有像外表這樣開朗。

「我不想談這件事。」他嘆了一口氣。「有一些過去的事情，只要我自己記得就好了。」

「嗯。」我不知道自己還能回答什麼。

「不開心的事情，就留給我自己，妳只要負責快樂就好了。」李思源最後這麼說，然後說了晚安。

掛掉電話，我一直在想，人和人之間的相處需要多少時間去彼此了解，我自以爲很了解李思源，可是今天的他好陌生。

我也一直以爲自己像別人說的，不懂得喜歡是什麼，可是今天，我體會到那種心臟快要壞掉似的速度。

每個人都在學習各自不同的課題。

那些曾經以爲不會打開來的開關，今天一個一個被打開來了。

12

開始向霽永學韓文之後，覺得時間過得好快，每天半小時的上課時間，怎麼一轉眼就消失了。雖然有時候聊天起來，我會多待一些時間，但其實看得出來他的行程很緊湊，儘管身在台灣，他仍然每天照著排定的課程，早上到舞蹈教室排舞、練習，大約要到下午四、五點，才會結束白天的課程回到家裡。

他回到家的時候，會先洗好澡，再打手機通知我過去。每天見到他，他總是乾淨整齊，身上帶著淡淡的香味。

教我韓文時，他很認眞，對於很容易混淆的發音也都耐心地糾正，有時候還會和我道歉說自己太嚴厲了。

他說他因爲很希望能把事情做到最好，所以會不斷要求自己，也要求別人，他明白有時候這樣的表現，會造成其他人情緒上的反彈。

「但沒有辦法，如果想要呈現出一百分的效果，那練習時就必須練到兩百分才可以。」他是這麼說的。

雖然每天只有短短的時間可以和他相處，但愈相處，就愈發現自己不斷地掉進他的笑容裡。每當我正確地發音，或是理解了他所解釋的原理，他都會給我一個鼓勵的笑容。

每當看見那樣的笑容，我都會忍不住發傻，然後臉頰熱辣辣地開心起來。

認識霽永之後，我多出了好多連我自己都陌生的情緒。

現在，總是害怕時間過得太快。我其實知道他快要回韓國了，那天看他接起電話，非常快速地講著韓文，其中有幾個單字是聽得懂的，講到班機什麼的。

他不會一直待在這裡。我知道。

畢竟是兩個國家的人，這裡對他來說不是故鄉，韓國對我來說也不是熟悉的地方。只是，在這樣的時空裡碰上了他，該說是幸運吧，所以，要做好他會離開而且不知道什麼時候會再來的準備。

想到這裡，那種酸酸苦苦的感覺又更加肆虐。

對這樣的情緒很陌生，這個時候，我會打開音響，一遍又一遍地聽著他的音樂。有時候，眞的會聽到眼淚掉下來。

上完課的某個晚上，我發現自己喜歡他，只是心裡還不願意承認。

我怕自己戳破那一點點的美好，我們之間的距離就會無限拉遠，也怕他覺得我很糟糕，兩個人才相處多久呢，竟然就這樣喜歡上一個男生。

但喜歡一個人的情緒是沒辦法控制的，說要出現就出現，也不管你是不是準備好了，會像被空投炸彈似的，無預警地掉進心裡，「轟」地就爆炸，炸得人措手不及。

在看見他之前，我已經喜歡上偶爾會聽見的音樂。遇見他之後，也喜歡上做出這些音樂的他。

即便知道他會離開，還是讓我保有一些些對於愛情憧憬的美好吧。

我不打算告訴任何人，也不會多要求什麼，就把這小小的奢侈留在心裡。

這幾天，覺得自己變得特別認眞，因爲霽永清早六點就會起床去跑步，回來之後，洗個澡就去舞蹈教室練習。我也跟著六點多醒過來，簡單地喝個牛奶，然後開始複習前一天他教給我的韓文，接著會自己練習英文，畢竟大部分還是用英文在和霽永溝通。

記得有一次遇到無法溝通的狀況，他講出來的我聽不懂，兩個人比手畫腳之後仍然徒勞無功，最後只好打開電腦查單字。

但他用的電腦又是MAC，還是韓文版，上面寫些什麼東西我根本看不懂，即使用他的電腦查單字，網頁上的中文也顯示不了。

最後我回家拿自己的筆電到他家查，兩台電腦一起用，這才了解彼此的意思。

那天，我們一起笑個不停，非常自然地大笑。

我好喜歡那個瞬間，眞希望有一種回憶的印表機，可以隨時把腦海裡的畫面彩色列印出來，變成實體的紀念。

跟霽永相處的每分每秒，對我來說都是非常珍貴的記憶。

「哈囉，準備好了嗎？」下午五點二十分，霽永準時來電。

「好，等我一下喔。」爲了下午這堂韓文課，我總是不到五點就把東西整理好，邊聽音樂邊等霽永的電話。

每天的這通電話，成爲一種制約。

爲了上課，推掉好多次李思源的邀約，我都快要想不出其他藉口，每次換個地方痛，全身上下都快要痛完一輪了。

李思源大概也聽得出我在推託，只是不問我爲什麼。

隱約覺得最近李思源好像也有點改變。

但我眞的沒時間去在意其他的人，每天的這幾十分鐘，可能是我人生到目前爲止最奇妙的際遇。

「哈囉。」霽永打開門，依然是淡淡的香味和令人放鬆的微笑。他的頭髮因爲剛吹乾的關係，還微微濕潤著。經過這許多天，我對房間的擺設已經相當熟悉。

睡的地方只佔了一小塊空間，大部分的空間都設計做爲錄音室，四周貼著軟綿綿的隔音設備，有時候很想用頭撞撞看。

「今天聽見妳在複習。」

「眞的嗎？什麼時候？」難道我的聲音眞的那麼大嗎？

「早上跑步回來經過門前，聽見妳在唸英文的聲音。」霽永伸手揉揉我的頭，「很認眞喔。」

雖然只是這樣一個小動作，卻讓我渾身一顫，連講話都結巴起來。「謝……謝。」

「也有好好練習韓文嗎？」

「當然……有啊。」

「那我要考試囉？」霽永很調皮地眨眼睛。

「喔。」想到考試，壓力就來了。但突然想起范佳家的精神，我轉念一想，「那考得好會有獎品嗎？」

「獎品？」霽永倒是愣了一下，「好啊，如果考得很好，就給妳獎品。」

「獎品是什麼？」

「祕密。」

「那好吧，我會期待的，要考什麼呢？」

「這得等到教完。」

「這本？」我拿起手中厚厚的書。

「發音規則都還好啊，只要妳把字母都先背好，拼音的部分練習一下，接下來的部分就開始會比較容易了。」

「眞的嗎？我聽說文法很難。」

「不會啦，不用擔心。」

霽永給了我一個鼓勵的微笑。「那好吧，我們今天要稍微快一點囉。」

「為什麼？」

「因為大約再過十天，我就要結束這邊的行程準備回韓國了。」霽永放下筆，緩緩地說。

我想把他的遲疑當成不捨，當成他也因為要回國感到有些可惜。

聽見這句話，好像雷一樣轟地打在我腦裡。

該來的，總是會來。

13

因為聽見震驚的消息，我心裡一直有些悶。

上課時本來也不太能提起精神來，但突然一個念頭閃過，心裡想，如果不把握最後幾天他可以陪我的時間好好地學習，那麼將來就沒有這樣的機會了。

雖然難過，但這樣一想，比起從來不認識，現在這樣或許還是比較好。最起碼，這個暑假中，有件事讓我發現自己以往似乎從未活著，生活突然間精彩起來。

「還好嗎？」霽永突然這麼說。

進去。

「還好還好。」他這麼一說話，我才發現自己剛剛都在發呆，他講什麼我都沒有聽

「妳今天看起來不太開心？」

「沒有啊。」我有點心虛，後來又想到事情不應該悶在心裡，應該說出來，才符合我現在對人生立下的態度。「大概因爲聽見你要回韓國，有一點捨不得吧。」

講完這句話，我不禁臉紅心跳，我什麼時候變得這麼大膽，這麼……勇往直前？

「嗯嗯。」霽永這樣回答，這讓我心裡悵然若失。

我知道自己對這他的回應有所期待，但有期待並不是好事，當期待落空時，心情也會特別糟糕。

「人家說，心情不好的時候，吃東西最有用了。」本來以爲他覺得尷尬所以沉默了，結果他思考了一會兒，突然闔上課本這麼說：「去逛夜市吧。」

「夜市？」

「對啊，這附近不是有個很有名的夜市？」

於是霽永興沖沖地把電腦和文具收拾好，拉著我出門。「剛好今天有時間，妳帶我參觀一下夜市。」

「你沒去過嗎？」我有點驚訝，還以爲外國人來台灣都一定會到處逛逛。

「沒有，都在上課和錄音。」

整理好書本，把東西都拿回自己家，順便換了一套衣服。走出門口時，霽永已經等在門前了。

空氣裡又有他身上的香水味。「你身上的味道是什麼香水？」

他唸了一個牌子，我聽不懂，他又接著問我，「這是給男生用的，女生不太適合。」

「不是，我想推薦給學校的男老師，有個老師身上噴的香水味道好恐怖，我想介紹個比較好的牌子給他。」

「哈哈。」霽永大笑，我們一起步入電梯。

每次他開心大笑時，我也會跟著想微笑。

到達逢甲，我先是被排山倒海而來的人群嚇到。怎麼回事？全台中的人都跑來這裡了嗎？怎麼這麼多人？

看了手錶，才發現今天是星期六，難怪人潮洶湧。上次和李思源來逛的時候，感覺比較舒服，到處都是人，這種擠來擠去的狀況，總讓我忍不住過度緊張，情緒緊繃。小時候，有一次去廟會，因爲人太多了，和大人走散，自己一個人，抬頭看都是人，後來被撞倒在地上，四周的人還繼續走動，沒有人注意到我，甚至有人從我身上踩過去。那時候很怕，到最後我放聲大哭，才終於被人看見。

我不斷想起那時躺在地上被踩過，哭到幾乎無法呼吸。

那記憶眞的很恐怖，小時候還以爲會這樣死掉呢。所以，我到現在都還覺得人潮洶湧的環境很可怕。

「人……好多。」站在夜市入口，望著萬頭鑽動的景象，突然猶豫著要不要擠進去。

「人多才好。」霽永興沖沖地往前走，沒注意到一旁我的苦瓜臉。「我很少在這麼多人的地方逛街，小時候經常參加比賽，我去過人最多的地方大概就是選拔會。夜市感覺有很多東西可以看，走吧。」

「好吧。」既然是當地陪，當然沒有讓客人掃興的道理，只能硬著頭皮上了。

霽永邊走邊問「這是什麼」、「那眞的可以吃嗎」、「這好玩嗎」……那樣子讓人終於覺得他是個十幾歲的男生，而不是那個平常什麼都會處理好、擁有沉穩笑容的超齡男孩子。

我買了一串烤臭豆腐，上面鋪著很多泡菜。

遞給他的時候，他露出奇怪的表情，一直問我，「這是什麼?」

「泡菜啊，泡菜。」我用學會的韓文單字亂講一通。

他用狐疑的眼神看了看我，然後戰戰兢兢地咬下一口，接著突然眼睛一亮。「好吃。」就自己拿著那串臭豆腐吃光光。

「好吃吧！」我很得意地繼續往前走，沿路我們一直看衣服、鞋子，他特別愛那些玩偶和小飾品，像是戒指、帽子還有一些kuso的小東西。

「啊！」忽然間我手臂傳來一陣痛。

轉頭一看，可能是剛剛經過的人手上拿著菸，我被菸頭燙到，頓時皮膚發紅微微地滲血。

但因爲人太多，此刻也已經找不到凶手是誰。

「怎麼了？」霽永回頭看我。

「被燙到。」我舉起手。

「怎麼會這樣？」他抓著我的手，仔細地端詳著。

「可能人太多沒注意到吧，沒關係，不是很嚴重。」我縮回自己的手。

接著，霽永握住我沒受傷的那隻手說：「回去吧，不要逛了。」

「可是才來半個小時……」

「這樣太危險了。」

霽永就這麼握住我的手，穿過一陣又一陣的人潮。

低著頭往前走，霽永放慢腳步，不時回頭注意我的狀況，將我護在他身後，而我只是慶幸，在這樣的人潮中，可以用「太熱」來解釋自己發紅的臉頰。

如果可以，眞希望時間永遠停在這裡。

14

我望著傷口上的ＯＫ繃。

上面有非常可愛的賤兔圖案。很久沒見過賤兔，都快遺忘這個卡通人物了，想不到從霽永的醫藥箱拿出來的，竟然是這樣的貼布。

這是昨天回來之後，霽永幫我貼上的。不太想撕掉。

但是今天如果不撕掉換藥，ＯＫ繃可能會跟黏在傷口上。該怎麼辦呢？好難的處境。

怎麼辦？我覺得自己眞的喜歡上這個原本以爲是古惑仔的韓國人。原來以爲自己對「喜歡」沒有什麼特別感觸，想不到眞的掉進去會是這樣的感受。

很期待每天的見面，卻又害怕每天的見面。

害怕沒有話題聊天的場面，所以我會在筆記本寫下今天要和他聊天的重點提示。

對韓國文化一無所知的我，是不是應該開始研究韓國歷史和文化？

他回國之後，我們還能是朋友嗎？

現在，在他的心裡，我柳筱青到底是什麼身分呢？是剛好要學韓文的鄰居？是因爲當鄰居而認識的朋友？還是向他學韓文之後變成好朋友的鄰居？

我在紙上不斷塗著寫著，腦袋變得像漿糊般黏黏稠稠的，理不出頭緒。

想著他回國之後，緊接著應該就是一連串的活動吧。他說過會很忙，忙到有可能沒時間睡覺。他回去後，不知道有沒有時間繼續和我聯絡，不知道他會不會記得我……好多好多的思緒，紛亂得不知道該怎麼讓自己沉澱下來。

想著他說過前輩發片時的狀況。

「之前前輩們發片宣傳時，曾經一個月都沒有回過宿舍，睡在車上，在外地宣傳，在全國各地可能都會舉辦簽唱會和握手會，錄音樂節目、綜藝節目……等各種行程，加上還要找出時間檢討、練習，常常忙到在不知不覺中睡著，或者是忙到在空檔時間就打營養針吊點滴。」霽永先前也當前輩的舞群，跟著前輩們四處跑，知道前輩們忙碌的程度。

「不過我很期待，因爲這是我的夢想。一個人能擁有實現夢想的機會，是非常難得的，所以一定要好好把握。這種機會，錯過了就不會再出現，就算是失敗，都一定不能放棄嘗試。」

不得不說，我就是喜歡他少見的堅定跟執著。

想著想著，自己也覺得不好意思，怎麼大言不慚地自己說著喜歡不喜歡的事情，以前李思源約我寫交換日記，我還回他說哪有這麼多事情可以每天寫。

現在才明白，有很多記憶，我都想仔細記錄下來。

坐而言不如起而行，去買日記本吧！

站起身來，望著桌子前貼的紙條，「認識新朋友」的選項前已經打了大大的勾，再來，就是要實行「什麼都好，至少要努力認眞一次」的時候了吧。

不知道喜歡一個人會不會有結果，但對於過程，和他交代給我的韓文學習，至少都要努力認眞，才能夠面對自己。

霽永告訴我，每個人做事都不是爲了別人，而是爲了自己。至少我要爲自己努力過，才知道會不會後悔。

正在換衣服的時，手機響起來。這時間不會是霽永，他應該還在上課。

一看顯示，是李思源。

好多天沒有聯絡，從他回國之後幾乎天天都會打電話給我，最近好像突然缺席了。之前會覺得自己老是一個人，有些孤單，但現在立下新的生活目標，也擁有新的朋友和行程，我覺得自己也慢慢地改變，不再那麼依賴李思源的陪伴。

這對李思源來說，應該是種解脫吧。

老是有我這個不太會交朋友的人跟著他，可能讓他錯失了一些機會。聽過校園裡有傳言說我和李思源在一起，會不會是這些無聊的事情，害得他現在都沒有女朋友？

想起范佳家的笑容，還是……應該撮合他跟范佳家？

可是他好像又不太喜歡范佳家。

其實我還是很關心朋友的事情，只是眼前和霽永相處的時間愈來愈少，我得好好把握才行。

「最近忙什麼？」李思源聽起來還是一樣。

「忙著學……學韓文。」我硬著頭皮講出老實話。

「爲了那個金毛獅王喔？」

「你不要對他有敵意，他人眞的很好很體貼，會教我韓文，還會……」想起他幫我貼OK繃時專注的神情，到現在還忍不住臉紅。

「還會什麼？」

「會帶我去吃飯，陪我聊天啊。」我胡亂回答，不過這也的確是事實。

「我平常也會帶妳吃飯，陪妳聊天，妳怎麼都沒說過我人很好？」

「我又不會當你的面說，但是我會告訴其他朋友啊。」

「像是誰？」

「啊……」對啊，我曾經告訴過誰？「范佳家啊，我跟她說過你是好人。」

「又提范佳家。」李思源的聲音突然間冷了下來。

這態度聽起來眞的不太高興。「你跟范佳家到底有什麼過節啊？」

「……」這下子，李思源不說話了。

不說話就是有隱情，這是李思源常常唸我的話。

「看得出來她對你印象不錯啊，爲什麼不對人家友善一點？」

「我不喜歡有錢人家教出來的公主。」過了一會兒，李思源才悶悶地回答。

「這……你是拐著彎說我嗎？」聽見這回答，我開始思考「有錢人家教出來的公主」這種人當中有沒有包括我。

「不是說妳，妳又不會巴著別人，要求一定要怎麼樣一定要怎麼樣。但是那種嬌生慣養以爲天下每個人都要疼她的公主，就會在那邊裝可愛，一說她想做什麼，別人都不可以違逆她的意思，我不喜歡這種人。」

這些話，讓我想起了我爸家裡那個小女孩。

「其實那是家庭的問題，怎麼能怪她呢？」我嘆了一口氣，其實這點我也想過，知道自己不應該怪小孩子說出那樣的話，畢竟給她那些思想的是大人，養成她那些習慣的，也是大人。

「身教」說來容易，但做起來眞的很難。

「以前，我喜歡的一個女生，經常被范佳家譏笑，說她家很窮，連便當都吃不起。後來她就因爲這樣轉學了，我再也沒見過她。」李思源用低沉的聲音說：「那是我小學時候的事情了。」

「所以你小學就認識范佳家？」原來男生記恨也可以記很久。

「我知道她，她總是坐進口轎車到學校門口下車，傭人會幫她提書包進教室，很有名。但她那時候不認識我。我也是因爲常常注意我喜歡的女生，才知道范佳家私底下欺負對方的事情。」

「可是……可是那都是小時候的事情，說不定她現在已經改變了。」

「妳覺得會變嗎？就像妳那個妹妹，妳覺得她會改變嗎？會突然從驕縱任性變爲謙恭有禮嗎？」

我被問得傻住，回答不出這個問題。「眞的……不知道，但是只要碰上對的教育方式，就會有機會。」

「或許眞的會變，但那一定要遇上很大的事件，例如生死瞬間，例如轟轟烈烈的愛情，例如進退兩難的抉擇之類的大難題吧，不然人的性格哪有這麼容易說改就改？我不相信范佳家，也不願意給她機會，或許，給她機會，會傷害我自己也說不定。」

「會這樣嗎？」我怯怯地問著，心想，不知道自己在別人的眼裡是怎麼樣的人。

「妳怎麼知道呢？知人知面不知心，就像妳隔壁的韓國人，妳怎麼知道他教妳韓文是不是另有企圖？」

這問題又讓我愣了一下。

如果霽永對我有企圖？想到這問句，我忍不住微笑起來。那很好啊，有什麼不好，我也對人家有企圖啊。

但我不敢告訴李思源，因爲他聽起來眞的不太開心。

我推說累了想休息，草草地結束通話。之後，我把頭靠在音響上，不斷地思考。

所有的偶像劇，都說人會因爲遇上眞愛而改變。

從花心變專情，從脾氣暴躁變成溫柔細心，所有的男女主角，都會因爲另一個人而多多少少開始改變。

想到自己最近的生活，好像也有了些許改變。多了霽永，多了音樂，也多了韓文，更重要的是多了快樂。

總覺得是好事。

打開窗戶，微微的涼風飄進來。很久沒有這樣悠閒的時間，吹著風，想著快樂的事情。我覺得自己最近總是很充實很快樂。

霽永也會這麼想嗎？我想了想這個問題，偷偷笑得合不攏嘴。

15

稍晚，我接到范佳家的來電。內心有點驚訝，因爲我不知道爲什麼她會有我的手機號碼。

稍微聊了一下，發現范佳家並不如李思源形容的那麼驕縱。她說話滿得體，也讓人覺得可愛。如果不是因爲李思源的評價，我應該會挺喜歡她的。

長得漂亮，講話態度又可愛，雖然稍微有點任性，但就是很惹人憐愛。

李思源可能把小時候的記憶過於放大了吧。

「妳想不想出門？我們去喝下午茶。」范佳家約我出去。

看看時間，離霽永回來還有三個小時左右，應該可以出去喝個下午茶吧。最近我這麼認眞，應該要犒賞一下自己。

而且，多交朋友是好事。

沒錯，我看著自己的目標列表，自己打氣。

認識霽永之後，我好像有了更多勇氣。他教我不論什麼事情都要努力，堅持下去，就算明知會受傷、會失敗，就算可能要面對挫折，都不能夠因爲這樣而退縮。

所以我不想再像以前一樣消極，要積極地生活。

即便是失敗，也是成功，這是霽永說的，我都記在心裡。

「嗯，好啊。」思考幾秒鐘，我這麼回答。

和范佳家約定好地點之後，就收拾東西出門了。

走到樓下中庭時，發現今天陽光很好，暖暖地灑在身上，感覺不到夏季的酷熱，反而是溫柔的溫暖，很難得呢，前陣子陽光還十分毒辣，我去公園跑兩圈回來就曬傷了。

「在想什麼？」耳邊突然出現熟悉的英文。

「怎麼會在這裡？」回頭，果不其然對上霽永的雙眼，還是那樣清澈。

「回來拿個東西，等一下要練舞。妳呢？」

「朋友約我喝下午茶。」

「很愜意啊。」霽永微笑時，我常常會看到失神。「晚一點回來嗎？」

「會回來上課的，請放心吧，權老師。」我恭恭敬敬地對霽永行個禮。

「要去哪裡？我載妳？」

「不會很遠，我搭公車就好。」講出地方之後，又想到霽永可能不知道路，這樣不是給人家帶來麻煩嗎？

「等我一下。」霽永轉身進了電梯。

我聽話地坐在中庭花園的涼亭裡，看著修剪過的花花草草發呆。

因爲家裡有個小小的花園，以前，下課後回到家，我都會蹲在花園裡拔雜草，順便調整植栽的位置。拔草時，好像也把心裡的煩惱都拔起來丟掉，會比較平靜，看著種下去的小花苗和小樹苗們慢慢長大變綠，有的開花、有的落葉，偶爾和它們說說話，心情總是會變好。

後來上了高中，我比較沒時間照顧花園，花園裡的雜草漸漸長大長高，等到發現時，有些植物已經因爲營養不良而乾枯，那時候我好自責。

感覺自己沒有盡到好好照顧人家的責任，也覺得懊惱。但後來想起自己也是這樣被放著一個人生活，為什麼這些植物需要人照顧？

每個人都應該學會自己一個人也可以好好活下去，不被欺負，獨立堅強地活下去。後來，我除了偶爾調整位置，已經不會去拔那些雜草。一陣子之後，有些花慢慢枯死，有些卻慢慢茁壯起來。

這就是物競天擇的道理嗎？需要呵護的人，終究需要被呵護，而可以自己生活的人，就會慢慢活得愈來愈好。我想，人活在這個世界上，應該也照著相同的道理在走吧。

「又在想什麼？」霽永怎麼能總是氣定神閒地說話呢？

「在想，照顧花和照顧人的道理是不是相同。」

「應該不同吧，人難照顧多了。」

「是喔。」

「是啊，妳就屬於不太好照顧的那種型。」霽永拿捲成一捲的紙敲著我的頭。

「為什麼？」我不服氣地問，這些年來我都自己照顧自己，哪有什麼不好照顧？

「想得太多，人又不太精明，很容易不見的類型。」

這幾種特質，我怎麼也無法組合在一起。什麼是「容易不見」？「我聽不懂。」

「大概要過一陣子才會懂。」

「多久？」

「走了吧。」霽永拉著我的手，往停車的地方走。

雖然不是第一次被霽永拉著，但這種悸動一直都一樣，我立刻把剛才那些話忘了，只專心感受他手裡傳來的溫度。

到了他停車的地方，他拿出安全帽，輕輕幫我戴上扣好。

「你的呢？」

「只好祈禱警察不要看見我了。」霽永很無奈地這麼說。

「咦？」

還來不及把安全帽拿下來叫他戴好，車子就已經往前奔馳。

「沒關係，我是外國人。」風裡聽見霽永哈哈笑地說著，「抱好喔。」

我輕輕地，偷偷摸摸地把手靠在霽永的腰上，感覺自己的心臟都要跳出來般地不聽使喚。

還好約定的地點離我家不太遠，沒多久就到達和范佳家約好見面的店門口。我趕緊下車，把安全帽還給他。「謝謝。」

「晚點見？」

「嗯。」我用力地點頭。「我會準時回去。」

霽永戴好安全帽，比了個手勢，隨即加速離去。

看著他離去的背影，我心裡好溫暖。人生的這個時刻能夠遇見霽永真是太好了。

「那是妳男朋友？」身後突然傳來范佳家的聲音。

回頭，看見范佳家，她手上拿了個名牌包，笑意盈盈地望著霽永的方向。

「不是。」我連忙搖頭。「是鄰居，剛好他要出門，順道載我來。」

「挺帥的，可以考慮一下。」

范佳家的笑容好像有點嘲諷的意味，是我誤會了嗎？而且她說「考慮」是叫我考慮還是她自己要考慮？我聽不懂她的意思，眼前的范佳家到底是電話裡那個甜甜的女生，還是像李思源說的一樣不討人喜歡呢？

今天來這趟，突然有種赴鴻門宴的感覺。

「走吧。」范佳家隨即親切地挽著我的手往店裡走。「這家的下午茶很棒喔，餅乾蛋糕倒是還好，但英國茶很道地，妳喝過英式下午茶嗎？」

「英式下午茶？」我比較常和爸爸一起泡老人茶，但我不好意思這樣回答。

「嗯，等一下叫店員來介紹，妳就知道了。」

走進店裡坐好，范佳家整了整裙襬，對我說：「其實我約妳出來是有目的的。」

「什麼？」

「李思源跟妳提過我的事情嗎？」這時候范佳家，臉頰突然飛上兩抹紅，顯然是有點害羞，這時候，我就覺得她又變成電話裡那個可愛的高中生。

壞話算嗎？「什麼樣的事情？」

「好吧。」范佳家一甩頭，非常瀟脫地問：「這麼說吧，我很喜歡他。所以想問清楚妳和他之間的關係。妳喜歡他嗎？」

「沒有。」

「那妳知道他喜歡妳嗎？」

「啊？」這問題來得太快太急，我頓時之間不知道該怎麼回答。

「我其實問過他了，他跟我說他喜歡的人是妳。」

腦中一片空白。說眞的，我從來沒想過這件事。

「如果妳不喜歡他，請妳不要繼續給他希望，讓他以為妳對他也有感情，這樣他會一直陷下去的。」

「我……」

正在思索時，服務生端來非常漂亮的瓷器，盛裝著看起來很華麗的點心。一旁放著飄散著濃烈茶香的英國茶，還有同樣花色的瓷器盛裝的糖罐與牛奶。

面對著這些看起來美麗卻陌生的食物，我突然了解，今天這場約會，的確是鴻門宴。

「妳怎麼說呢？」范佳家雖然語氣輕柔，卻散發無比的壓迫感。

「我雖然無法回應他的感情，把他當成男朋友看待，但他是我的好朋友……」

「妳不覺得自己這樣很自私嗎？」范佳家又這麼問我。「霸著一個男生，又不願意和人家在一起，只是不斷利用他人的感情，希望他對妳好，妳卻不肯付出。」

「不是這樣的。」難道男生跟女生之間不能夠有純粹的友情嗎？

「妳和李思源分開好不好，反正你們也不是男女朋友，應該不會太難過，這樣我可以藉機安慰他，好嗎？」范佳家睜著看似無辜的大眼睛，表情可愛地問我。

我有點震驚。爲什麼她可以若無其事地要求別人這麼做？難道人和人之間的情誼可以這麼輕易割捨嗎？

我啜飲著苦澀的紅茶，沒能馬上拒絕她，不是因爲我眞的想要跟李思源斷絕關係，而是無法思考出正確的回答，該怎麼讓她知道，要是我眞的這麼做，對於我跟李思源來說會是一種傷害。

不知道爲什麼，總覺得這件事被李思源知道的話，他會更不開心的。

這世界上，果然有很多不一樣的人類。

有許多非常善良美好的人，但也有懷抱著自己的慾望，踐踏著別人的一切，那種令人感到不可思議的人。

下午這場鴻門宴，最後氣氛不太愉快地結束，因為我到最後一刻都不肯點頭說出范佳家想聽到的答案。她不能明白，我既然不喜歡李思源，為什麼不肯乾脆把這個朋友讓給她。但朋友不是這樣互相讓的來讓去，要留給他自己決定才是吧。

更何況，李思源對我來說是非常重要的朋友，這麼多年來好不容易交到的朋友，我實在不懂范佳家為什麼會有這樣的想法。

回到家，我悶著，不敢對李思源說，怕他聽了又要挖苦我，說「我老早就說過了吧」那種調侃人的話。

等到霽永通知我過去時，我還是想不通為什麼會下午這樣的事情，所以上課一直不太專心。

「不開心？」霽永冷不防這麼問。

「嗯。」我無奈地看著他，一五一十地說出下午的事情，講到後來，我還是不了解該怎麼告訴范佳家，雖然我沒有喜歡李思源，但還是想要當他的好朋友。

人可以不談戀愛，但是不能沒有朋友。

「這是很難處理的事情嗎？」霽永聽完之後，依然氣定神閒地問我。

「不難嗎？我好討厭這種狀況，人和人之間單單純純的不是很好嗎？為什麼牽扯到喜歡不喜歡，就頓時變得複雜起來？」

「那是當然的，喜歡是很美好的事情，誰都希望能經歷。」

聽到霽永這麼說，我看著霽永，想起自己喜歡他那種酸酸甜甜的情緒，的確是很美好。「是很美好沒錯，可是也要看對象。」

「每個人都有喜歡人的自由囉，她只是比較強勢，希望先把面前的障礙消除掉而已。既然不能消除男生對妳的喜歡，那就讓男生喜歡的人先主動消失在男生的生活裡，很聰明的方法。」

男生都是這麼理性地在分析事情嗎？這可是友情的戰爭，我要捍衛自己的朋友啊。怎麼被霽永一講，感覺范佳家都沒有錯的樣子。

「難道她這樣要求我離開是正確的嗎？」

「從妳這個角度看，當然是不對的，但從她自己的角度看，這是省時省力的方法。」在紙上霽永隨意地塗鴉，我發現他很有繪畫天分，我跟霽永年紀差不多，所經歷過的人生，差異眞的非常巨大。

「雖然沒有人有權力決定其他人要怎麼生活，但每個人都有權力決定應該怎麼爭取自己想要的生活，所以別怪她。」

霽永這樣繞口令式的說法，讓我著實上了一課。好好地思考之後，發現其中也有些道理在。

「今天不開心的話，不要上課了？出去逛？」霽永突然間提議，讓我嚇一跳。平常教學認眞的權老師，規定單字沒有背好就要罰寫十次的權老師，今天竟然因爲我心情不好，而決定停課一次。

「老師你人眞好。」我飛快地收拾課本。聽到要出去逛，心裡面自然開心了起來。

「現在才知道嗎？」霽永一副理所當然的樣子。

「知道很久了。」

沒多久後，坐在霽永的機車後座，戴著他新買的安全帽，迎著夜風，在長長的道路上奔馳著。

我沒問他要帶我去哪裡，也不在乎要去哪裡。

此時此刻，只要在他的後座，去哪裡，對我來說都已經無所謂。

沒想過自己會這樣喜歡上一個人，原來「喜歡」是這樣突然出現，猛烈撞擊著所有思緒，讓人沒有多餘的時間思考，就只是憑著本能微笑、幻想，一日又一日重複著。

「想去哪裡？」停紅燈時，霽永回頭問我。

「嗯……」我偏著頭假裝思考，然後大聲回答，「不知道，你帶我去哪裡，我就去哪裡。」

「那我們回韓國吧。」霽永笑著說。

「好啊。」

是啊，如果能和你一起，我當然願意跟隨。

「那好，走吧。」

我們在夜晚的中港路上奔馳著，從百貨公司林立的區域，一路往前再往前，他沒有停下來的意思。

最後，到了一個我也不知道是哪裡的地方。路上車流很少，路邊有許多高壓電塔，霽永選了一個光線很不充足的地方隨意停車。

起先我還摸不著頭緒，在拿下安全帽之後，全都明白了。

眼前展開的夜景，美麗得無法用言語形容，像是在黑暗中，突然有各種顏色的星星發著亮光，高速公路的車燈、建築物的亮光交織構築而成的美麗燈火秀，華麗地在眼前上映著。

「漂亮嗎？」霽永問我。

「非常美麗。」我感動得不知道說些什麼才好。

就著這樣的心情，我想，我應該誠實面對自己的內心，於是深深吸了一大口氣，轉過頭，面對霽永的側臉。

「我有話要說。」

「嗯？」

這句話很短，眞的要說出口又覺得好難。我邊想，臉就一邊熱起來。張開口，說出來的卻是，「謝謝你。」

「不客氣。」

「還有，我喜歡你。」說完，我火速別過臉，假裝認眞地看夜景。

沉默了一陣子，我不敢轉頭看他的反應和表情，只隱約聽見他呼吸的聲音。

大約等了一世紀那麼久，他轉過頭，用手捧著我的臉，「謝謝。」

「不客氣？」爲什麼會是「謝謝」？

他對我溫柔地一笑，就又轉頭看夜景。不同的是，這次，他牽著我的手。

到底爲什麼會是說謝謝呢？

不過無所謂，至少我誠實地表達出自己，這應該算是人生的一大步吧。從小到大，很多事情我都壓抑著，第一次，我勇敢地面對喜歡的人，說出自己的心情。

不論結果怎麼樣，我都會把這一份難得的相遇放在心裡。

雖然心裡不斷告訴自己，答案對我來說並不重要，但忍不住還是想著，如果能夠聽見他有回應該有多好。

看著夜景，突然覺得那些燈光都閃爍起來。

17

隔天清醒之後，突然有點後悔自己魯莽的告白，不知道這樣會不會給霽永帶來困擾？雖然他昨天晚上一如往常地向我道晚安，但今天怎麼辦？

上課和他單獨相處時怎麼辦？我該看哪裡才好？

萬一他經過一晚上的冷靜，決定拒絕我怎麼辦？

如果見面會變得尷尬，是不是不要告白比較好？

拿著筆，我又開始在紙上模擬今天可能的對話。

「昨天很不好意思，其實我不喜歡妳。」霽永可能會這樣說。

「沒關係。」

接下來應該很尷尬，要不要繼續上課呢？

「昨天沒有回答妳，很不好意思，其實我也喜歡妳。」霽永也可能紅著臉這麼說。

「謝謝。」應該換我道謝嗎？

接下來應該還是上課，只是氣氛應該比較甜蜜一點？

「不好意思，昨天風太大，我沒聽清楚妳說什麼？妳是說妳喜歡夜景嗎？」

「對！對！夜景好漂亮。」

啊哈哈乾笑之後，場面整個輕鬆起來……這發展還不錯。

「不好意思我是gay。」霽永甜笑。

不！我拒絕繼續往下想這個對話。

「謝謝妳的心意，我收到了，但我們畢竟距離遙遠，應該還是當好朋友會比較簡單。」霽永可能會用一貫的溫柔語氣解釋，「我喜歡妳，但我們終究不太可能。」

「嗯。」我用帶淚的雙眼，謝謝霽永這陣子以來的照顧和關懷，並且在機場跟他擁抱道別。

然後把這段美麗的回憶放在心裡，一直到老死那天。

這畫面隱約像某部電影，好像也還不錯。

唉，我到底在想什麼，昨天眞的不知道自己怎麼了，也太衝動了些。本來想自己懷抱著祕密蛻變成大人，結果卻糊裡糊塗就把祕密說出來了。

望著自己寫的「認眞努力」字樣，忍不住又嘆了一口氣。

這樣也算認眞努力吧？我很認眞又努力地告白過了，只是沒得到什麼回應。現在弄得自己尷尬得要命，不知道該怎麼辦才好。

晚上去上課，我應該自自然然地打招呼呢，還是應該帶點伴手禮掩飾尷尬？還是……乾脆假裝肚子痛不要上課呢？

「碰」地一聲向後倒在軟綿綿的床上，看著天花板，如果思緒能像天花板一樣乾乾淨淨就好了。

手機響起，我接起來，無力地看了一眼。「幹麼？李思源。」

「妳給我講清楚，什麼叫討厭我又不好意思說？」李思源的聲音像是從牙齒縫裡擠出來一樣用力又壓抑。

「啊？」我迅速地從床上坐起來。「請你重複一次好嗎？」

「我說妳為什麼說想走又不好意思走之類的話？」大概是聽見我困惑的反應，李思源也開始冷靜下來。「妳是不是告訴范佳家，妳覺得跟我當好朋友很累？」

哇，那天霽永講的話又在我腦海裡播放一次，原來這對范佳家來說是省力又省時的方法嗎？范佳家真的腦袋不太靈光吧！

我和李思源又不是不會聯絡，講這種話，不是肯定被拆穿的嗎？

就算是為了自己，說這種謊最後被拆穿了，受傷害的不還是自己嗎？為什麼范佳家這麼傻，要去對李思源說這些？

「我想，你和我有必要約個地方聊一下。」我語氣嚴肅地向李思源這麼說。聰明如他，大概也知道自己被人挑撥，一時蒙蔽了雙眼，立刻冷靜下來講話。

沒多久，我們都到了常去的小茶館，坐下點了冰涼的飲料，配著香噴噴的鬆餅，開始非常不尋常又嚴肅地互相對質。

「她昨天約我出去……」

「她剛剛打電話給我……」我和李思源不約而同開口，才講完一句話，兩個人就相視而笑。

這是有計畫的啊，雖然計畫得差了一些，但還是計畫。

接著，我把昨天范佳家甜美可愛地打電話約我喝下午茶的事情講出來。「她還跟我說你喜歡我，害我嚇了一跳。後來我回家仔細想過，你跟她又不熟，加上你本身不喜歡她，應該不會把這種祕密說給她聽。直到現在我才發現：啊，原來她想使用反間計挑撥我們兩個人。」

「反間計是這樣用的嗎？」李思源從鼻孔裡哼了一口氣，模樣說有多鄙夷就有多鄙夷。「不過我也一時氣昏頭，她突然打我電話聊天，說什麼昨天約妳去喝下午茶，結果一個下午都聽妳在抱怨我的事情，她覺得我對妳那麼好，妳卻這樣看待我，眞的替我打抱不平……」

「她找我，是叫我不要再跟你當朋友……」

我跟李思源七嘴八舌地討論著，不知不覺就把這件事情當成笑話，愈講愈開心。

「哈哈哈，我還以爲她會聰明一點。」李思源一直笑。

「唉唷其實我覺得她也設計得很好，只是剛好我們比較聰明，所以被拆穿了。」我還是難以想像，爲什麼有人以爲這樣可以破壞好朋友之間的感情。「不過，霽永說范佳家這樣也沒有什麼太大的錯，因爲每個人生活在這個世界上，都有各自不同的態度，而且她眞的有權力選擇她想要的生活方式，並且利用手段達到目的。其實她沒有錯，或許等我們都再長大一些，她的手段會發揮得更好也說不定。」

「妳被韓國人洗腦了。」李思源斜倚在沙發上，懶懶地喝著奶茶。

「不是這樣的啦。」我急急忙忙地解釋著。「霽永因爲經歷過很多事情，所以想得比我們都要複雜很多，他的世界不是我們這麼單純的讀書、交朋友，擔心考不好而已。他除了學習課業，還要學習音樂相關的事物，要面對環境帶來的許多競爭、壓力、謾罵跟不合理的要求，所以他比我們提早了解很多社會上的事情。經過他的開導，我才對范佳家的行爲稍微釋懷一點。」

「爲什麼要釋懷？她就是一個自私自利、只想到自己的女生，爲什麼要替她找藉口？」李思源此刻怒意又開始上揚。

「但是她用她自己的方式喜歡你，而且想要爲自己爭取幸福不是嗎？」我開始一點一點明白霽永話裡的含意。

范佳家不是壞，只是用錯了方法。喜歡一個人是很美好的，不應該試圖藉由破壞來迅速達到目的。

「喜歡是這麼容易的嗎？要是這麼容易，大家都告白之後就可以在一起了啊。」

李思源這句話也的確是一針見血，不然世界上怎麼會有這麼多暗戀單戀。愛不到的事情。

默默喜歡一個人，想要把這種感覺藏在心裡，眞的不容易。

總是會默默地想起對方，想和對方多說此話，最後會想孤注一擲，就算被拒絕了也要讓自己有次機會。眞的被拒絕之後，又後悔爲什麼當初不乾脆暗戀到底。

可能人都有種愈要愈多的心態，希望自己默默地對對方好，對方就會因此也喜歡自己。

不過，現實往往是殘酷的，不然就不會有這麼多人被利用。被使喚來使喚去，卻什麼也得不到。

之前就有個學長因爲喜歡一個學妹，只要學妹在自己的 Facebook 上說好喜歡某樣東西，學長就會傾其全力去替學妹買到。起先只是小小的要求，後來連要ＬＶ包包這種許願都出現了。學長竟然也回家向爸媽要錢去買，後來學長選了個時間跟學妹告白，學妹才告訴他自己早就有男朋友了。學長叫她把東西還回來，學妹竟然認爲那些都是學長自願送她的，哪有還回去的道理。學長之後弄得家裡人不體諒他、學校裡的人嘲笑他，最後還差點自殺。

是不是很可憐。

當初李思源跟我說這件事的時候我還不太相信，怎麼會有人這麼傻嘛。後來親眼見到學長本人像鬼魂一樣飄過我身邊，臉色蒼白、雙頰凹陷、眼圈黑到一百公尺外都看得見，我才願意相信。

說到底，單純地喜歡一個人，眞的很不容易。

「妳在想什麼？」李思源發現我都不說話。

「說不定范佳家眞的很喜歡你。」我慢慢地說。

「喂，不要再說這件事情。我會翻臉的。」李思源翻白眼。

「女生要用盡心機接近一個男生，也是很辛苦的。」我嘆了口氣。「她要想你爲什麼不多看她一眼，爲什麼跟別的女生可以談天說地，跟她卻不行，爲什麼看見她就態度冷淡。其實我覺得，她這樣也需要很大的勇氣。」

講著講著，我竟然忍不住鼻酸。「喜歡一個人，其實眞的很辛苦。」

18

和李思源聊到差點情緒失控之後，就藉口說父親等一下要來看我，把他給打發回家。

他回去之後，我一直在想自己和范佳家的不同。如果單就行爲來說，范佳家的確是行爲可議，但就心態來說，我和她喜歡一個人的心情不是相同的嗎？

我們同樣在意對方對自己的印象，同樣在意對方對自己的回應和態度。

我聽著霽永的音樂。最近他給我過去寫的曲子，曲風是比較抒情的。不知道爲什麼我特別喜歡這幾首，每天聽也不覺得膩，心煩意亂時候聽著聽著，就會平靜下來。霽永眞的是我情緒上的特效藥。

緣分很奇妙，以前從沒想過的對象，竟然跨越了幾千公里的距離來到身邊，還對我很好。雖然他沒有說他喜歡我，但我隱約覺得他或許不會拒絕我。

這就是自我感覺良好嗎？

眼看上課時間快到了，我的焦慮開始節節升高，電話到底會不會響？

就這麼一路焦慮到傍晚六點多，電話還沒動靜，開始猜想是不是他不想再和我聯絡。心情一直忐忑不安，但還是整理好了課本和筆記本準備上課。如果電話不響的話，後續兩個人要怎麼相處？

正在不知如何是好時，手機響了，是霽永的號碼。

我接起來，他溫柔的嗓音一如以往，「不好意思，今天比較遲，妳準備好了嗎？」

「嗯。」

聽到他的聲音，滿天的焦慮突然間煙消雲散。他果然是我心靈的鎭靜劑。

走進他家，氣味沒變、擺設沒變、霽永的笑容也沒變，不同的只是地上多出幾個紙箱和行李箱，這景象讓我一時之間有點傻住。

「要離開了？」我發現自己的聲音有點顫抖。

「還有幾天。」霽永避重就輕地說：「前天說的語態問題記清楚了嗎？」

「嗯……」我也努力想把思緒轉回課程裡，無奈那些刺眼的行李箱一直擾亂我的思緒。

霽永平靜而認眞地上課，這種表現卻讓我覺得有點低落，但我知道自己沒有什麼理由怪他，他老早就提過要離開了。

他的世界很大很遼闊，將來和我一定不會有交集。

「你回去之後，我還能和你聯絡嗎？」霽永還在講解文法，我冷不防地脫口而出。

「可以啊。」霽永仍然從容地回答，接著寫下一連串網址。「這是我的推特，比較少用，這是Skype帳號，不過回去開始活動之後不太有時間上線，如果找不到我，就寫email，我一定會回妳。」

「不論怎麼樣都會回我信嗎？」我迫切地想得到一個答案，想知道自己是不同的、特別的存在。

「只要我有空，一定會回妳。」霽永把寫好的紙條遞給我。

「好。」這樣一句話，就足以堅定我的信念。

很神奇，我的思緒不再紛亂了。霽永接著上課時，我已經不再胡思亂想，緊緊握著霽永給我的紙條，彷彿從其中得到繼續下去的勇氣。

認眞地上完課，我開始覺得有點負擔，進入文法的領域，我被弄得有點頭昏腦脹，雖然霽永把那些規則盡量簡化，對我來說仍然好複雜。

只剩下幾天了。

上完課，我還坐在原處發呆，霽永突然端著茶走過來，散發出不太熟悉的奇特香味。

「喝吧。」霽永把茶杯放到我面前，自己手上也拿著一杯。「人參茶。」

他閉著眼喝茶，長長睫毛顫動著的模樣，我好想永遠記在腦海裡。「謝謝。」

如果喝下這杯茶，可以像電影一樣，讓時間停在這裡，該有多好。

手中的溫熱，慢慢地也溫熱了心。我更加肯定自己喜歡霽永的心情，原來十幾歲的人，也是可以擁有眞摯的情感，單純的喜歡。

我希望自己不再困惑，能專心執著地喜歡一個人。

知道他即將會離我很遠很遠，更要好好把握現在一同相處的時光。與其爲了那些難以預測的將來去擔心，不如好好享受眼前。

努力地說服自己，努力地擠出微笑面對。

抬起頭，突然發現霽永也盯著行李箱沉思。

每天醒來時，都知道霽永離開的日子又近了一天。

還好快開學了，否則他離開後，那些空空洞洞的時間該怎麼填補呢？

這幾天應該要和霽永合照，留下些回憶，日後想念時，或許可以靠著相片回憶這些日子的美好。

這幾天，我非常認眞研究韓文，想讓霽永知道我也很認眞在學習，他說的認眞，我也能做到。

希望將來可以和霽永用韓文溝通，他回韓國之後，所有報導應該都是韓文，想了解他的生活，一定要付出相當的努力才行。

因爲霽永的關係，我昨天拒絕了李思源的書局補貨之約。

「重色輕友啦。」

「對不起，但是他要離開了，我想好好把握剩下的時間。」

「妳眞的覺得這樣有用嗎？」靜默了幾秒鐘之後，李思源突然問我，「妳眞的覺得他回去韓國之後還會記得妳，還會和妳聯絡嗎？」

「會的。」我堅定地回答。

如果不能夠堅定地相信，這一切就不會那麼特別。

「好吧，那妳這幾天好好地……」李思源嘆了口氣，不知道該用什麼詞。「好好地生活吧。」

「謝謝你。」

「誰叫我是可憐的好朋友呢。」

「你又不可憐，你有范佳家啊。」

「說到這個，她眞的天天都打電話來，我覺得好煩啊。」

「這也是一種幸福啊。」

「幸福個屁，不然我叫她打電話給妳。」

「她又不喜歡我。」

胡亂調侃對方一陣之後，我們結束對話。

雖然對李思源很抱歉，但這幾天是我最後的時間了，不知道他將來會不會有機會再來，也不知道我有沒有機會去韓國，即便是有，都可能是很久之後的事情。我要趁他還在這裡的時候，把能夠收集的回憶都收藏起來。

「來拍照好不好？」稍晚去上課，我拿著相機問霽永。

霽永先是愣了一下，然後露出往常的微笑說：「好，但是不能放到網路上。」

「不會的，我洗出來放在家裡可以嗎？」

「可以啊。」

我戰戰兢兢地拿著相機，不知道該怎麼自拍兩個人的合照，拍了幾張，一看，臉都被切掉一半，不是切掉霽永就是切掉自己，畫面慘不忍睹。

「我來？」霽永伸出手，我無奈地把相機遞給他。

他拿過相機，沒多久，我們已經拍了許多角度非常棒的自拍，還有許多奇怪的表情，我從沒想過霽永會有微笑之外的表情，看照片時我都快笑死了。

「哇！我沒想過你會有這種表情耶！」瀏覽照片時，我看著他皺眉頭和扮鬼臉的照片一直笑。

「拍照要特別一些啊。」霽永好像也放開來了，平常都覺得他好像只會微笑跟上課，想不到他也會搞笑。

後來又陸陸續續拍了他家的照片和兩個人各自的單獨照，驚覺到時間竟然飛過了一小時，才不甘願地開始坐下來上課。

開始上課之後，霽永又恢復了往常認眞的樣子。

今天霽永特別把最後的幾章先帶過一次，我心裡覺得不太對勁，難道最後的時刻就要來臨了嗎？

「今天上到這裡，之後的要靠妳自己了。」霽永拍拍我的肩膀。「加油啊。」

「你要回去了？」我邊收拾課本和筆記，努力地假裝不經意地提起。

「嗯，明天晚上的飛機回去。」

雖然已經做了心理準備，似乎還是不夠充分。

心裡有些話，就這麼哽在喉頭，說出來也不是，不說又覺得好難受，眼裡有些熱熱的液體正在翻騰。

19

整理好，我呆坐在原地，動也不動地看著地板發愣。

「怎麼？」霽永看我不說話，轉過頭來。「爲什麼哭？」

抬起手抹抹臉，才發現眼淚爬滿臉，狼狽得很。「想到你要離開了……」

不解釋還好，一解釋，突然間悲從中來，眼淚又更加洶湧地冒出來。「對不起，我有點難過……不對，我很難過……」

霽永沒有回答，空氣裡飄散著尷尬的靜默，只有我吸著鼻涕的聲音，因爲他的沉默讓我心裡又更加酸楚。

時間像凝結般靜止不動，不知道過了多久，眼前突然出現幾張面紙。

抬起頭來，卻意外對上霽永溫暖的笑容，「擦乾眼淚，我帶妳去個地方。」

霽永拉著我的手站起來。儘管心裡的悲傷仍未退去，但也想知道他想帶去哪裡，我們之間，到底還存在著什麼？

想要堅定地相信，心又那麼脆弱地告訴自己不可能。

人和人之間，一旦距離變得遙遠，不論怎樣堅定的友情跟愛情，也都會消退的。我自己一個人用力地喜歡著霽永，眞的有用嗎？

霽永俐落地跨上機車，遞安全帽的手剛剛還牽著我。

凝視著那頂安全帽，我顫抖著手接過。

機車發動之後，不斷地往前飛奔。霽永沒說要帶我去哪裡，我緊緊地抱住他，或許以後再沒有這樣的機會了。

夜裡的風很大，霽永穿的皮衣冰冷的觸感從指尖傳到我心裡，一盞盞燈從眼前迅速飛過，視線也變得模糊起來。

「我不曉得，我不捨得，爲將來的難測，就放棄這一刻。」

忍不住哭泣時，腦海裡突然跳出這句歌詞。前幾天聽見這首歌時，我望著電視發愣了好一陣子。

就算不放棄，那些被期待著的未來，眞的會到來嗎？

我自己一個人堅定，眞的有用嗎？

甩甩頭，我閉上眼睛不去多想，只是呼吸著空氣裡霽永的味道，過了明晚，這些美麗的回憶，都將成爲過去式。

霽永停下車，回頭對我說：「下車吧。」

下車後，我左顧右盼，不知道自己身在何處。

霽永則是一言不發地拉著我的手，往巷子裡走去。蜿蜒的巷弄裡，意外地隱藏許多特色小店：有賣小飾品的，店員打扮入時招攬著客人。有刺青師傅正在店門口描繪草圖，有販賣流行服飾的少女對著霽永微笑……

最後，我們停在一家不起眼的店前，店面很小，但推開門走進去之後豁然開朗，裡面有各式各樣的寶石、耳環、胸針、手鍊、項鍊……應有盡有，非常讓人眼花撩亂的華麗。

霽永一句話也沒說，只是盯著正中央的展示架，店員和霽永用韓文聊了起來，我模模糊糊地聽懂了幾個單字，但也不了解他們正在說什麼。

沒多久，霽永走過來，手上拿著幾個不同的耳環，每個都是小小的單顆寶石，有紅寶石、藍寶石和水鑽，都是迷你尺寸的。「喜歡什麼？」

我對寶石一點鑑賞力也沒有，加上心情紊亂，只能說：「都喜歡。」

「那我來挑？」

「好。」霽永走回去和店員又講了一陣之後走過來。

「來吧，我們來穿耳洞。」

穿耳洞？

我還來不及問，霽永接著說：「我是個將出道的練習生，生活上有許多限制，對於這樣的身分我有些抱歉。謝謝妳喜歡，但此刻的我不能說喜歡妳，卻也無法說自己不喜歡妳……」

聽到這裡，我的眼淚不自覺在眼眶裡匯聚。

「但我會記住妳，用最誠懇的心，用普通人的感覺去看待妳，把妳當成我心裡特別的存在。這耳環我會一直戴在耳朵上，回去之後，只要妳看見我耳朵上仍然戴著它，就知道我把這段經歷放在心裡。」

我沒有很認眞聽，腦海裡還聽見他說「此刻的我，不能說喜歡妳，卻也無法說自己不喜歡妳」，整個臉燒起來似的發燙。

霽永說完，我們走向店員，店員還笑笑地用中文問我，「準備好了嗎？」

在耳骨上打洞的刹那，有種痛痛麻麻的感覺，但看見自己和霽永的耳上戴著相同的耳環，閃著紅寶石的光澤，心裡說不出的感動。

看著霽永也在同樣的位置戴上了他挑選的耳環，我只能說出，「謝謝你。」

我和霽永有成對的耳環，一個在我這，一個在他那。

撫著自己的耳朵，有種無法置信的感覺。

「不要再說我會忘記妳了。」霽永抬起手，撫摸著我的頭頂。「儘管分開很遠，還是可以聯絡。儘管很忙，我仍然會抽空看信，記得我說的話嗎？不要輕易放棄。」

不要放棄你嗎？我幾乎想這麼問。

但話到唇邊卻還是硬壓下，知道了也沒有什麼好處。

霽永剛剛說的話，對現在的我來說已經足夠。

回程的路上，我們又到了上次看夜景的地方停下。

霽永和我都沒有說話，只是牽著彼此的手，靜待時光慢慢地流過。

我不知道自己在什麼時候睡著的，只記得醒來時天色已經微微發白，而霽永還是牽著我的手，對我露出溫暖的微笑。

「早安，想吃早餐嗎？」

「好啊。」我也微笑以對。

或許今天就要別離，或許相隔無限寬廣的海洋，或許霽永的身分特殊，或許有太多太多因素會影響我們之間的關係，但此時此刻的我，好像擁有無限的勇氣，去相信。

20

這次霽永的經紀人沒有來，所以他離開時是搭計程車去機場的。本來霽永不想讓我跟著，說這樣回程只有我一個人他會擔心，但我信誓旦旦地保證絕對會安全回到家，他拗不過我，只好讓我跟著去送機。

依照藝人的標準來看，他的行李不算多，有三大皮箱，但光超重費就不知道要付多少。

去程的路上我們也沒什麼交談，不過他總是牽著我的手，彷彿要我安心般。

這是最後的幾十分鐘相處，分針每往前走一格，我的恐慌就開始多一些些。

雖然霽永沒有承諾過什麼，但我記得他說的每句話，那些話和他創作的曲子，都會成為我的支柱，支撐著我在這條等待的路上繼續往前走。

或許將來我們都不知道會怎麼樣，但現在就是現在，手中的溫度是真實的，耳朵上的信物也是真實的。

或許不應該再貪求。

到了機場，霽永俐落地辦好登機手續。今天在下雨，第一航廈有些滴滴答答的漏水，我拚命忍住分離的悲傷，吵著要他陪我喝最後一杯咖啡。

「以後還會見面，什麼最後一杯？」霽永露出一如往常的笑容，態度依然從容自若。

「希望你出道一切順利。」我拿高杯子。「乾杯。」

「這能乾杯的嗎？」霽永皺起眉頭，看著還在冒蒸氣的咖啡。

我忍不住笑出來，「也對。」

喝完咖啡，時間也差不多了，我送他往登機門走去。不能再牽著手，我拉開兩步遠的距離慢慢地走著。

分開時，他戴上墨鏡，回頭對我笑著揮手。

我努力地擠出笑容對他揮手。

接著，他轉身離開了，單薄的背影讓人不禁思索他如何承受每天訓練的行程，將來出道之後還會更忙吧。

未來有很多很多挑戰在等他，希望他能夠一一克服。

我就這麼靜靜地站在分開的地點，直到看不見他的背影，眼淚才掉下來。

但想起他說的話，又趕緊抬起手抹掉眼淚，不可以哭。

「我們都有各自要努力的事情，請認眞把該做的事情都做好，再見面時，才能對彼此有所交代。」霽永今天早上是這麼說的。

或許說出來沒人會相信，但我喜歡他的情緒，的確是在某一瞬間就突然發生，沒有任何預期，沒有理由，就這麼喜歡上他。

我輕輕地摸著耳上的小紅寶石，微笑。

回程的客運車程好像特別漫長。去的時候感覺路程太近，沒多久就該下車了，怎麼回程這麼長？

雨還在下，雨滴打在車窗上，讓眼前的景物變得模糊不清。

手機傳來訊息聲，是霽永，他寫著，「在下雨的日子離開，眼睛也好像濕濕的，保重。」句末還加上笑臉。

看完，我心裡暖暖的，簡單地回他，「你也要保重，不用擔心我，未來還很長。」

手機桌面是我和霽永那天晚上的合照。兩個人都醜怪地扭曲著臉，每次看見都會覺得很好笑。

轉念一想，暑假再過幾天就要結束，我也該準備迎接高中生最黑暗的高三生活，開始好好念書才是。

每個人都有自己的生活，有各自的目標要達成。

等到有一天，我達成自己的目標，也可以驕傲地告訴霽永，我也像他說的一樣堅持到底，把事情做好了。

回到家，檢視自己設定今年暑假要做的事情：

一、複習高一至高二課業。

二、自己旅行兩天（好吧一天也好，就是去體驗）。

三、要認識新朋友。

四、什麼都好，努力認真一次。

在一和三的地方打上勾，猶豫著該不該在第四個選項上打勾。認眞地喜歡霽永這樣算數嗎？好吧，應該算是吧，接下來就剩下旅行了。

暑假剩下沒幾天，應該去哪裡好呢？

打開電腦想查資料時，手機響起。

「哈囉。」

「不要哭了。」李思源劈頭就這麼說，我反而笑出來。

「哭？怎麼會呢？」

「韓國人不是今天回去嗎？依照妳的個性，這時候妳應該很傷心地在哭才對啊。」

「我已經變得很堅強了啦！」

「是喔，這麼堅強喔。」李思源調侃地笑著。「要不要出來晃晃？」

「不了，下雨天不想出門。」

「好吧，不要假裝喔，難過要說出來，雖然我還是討厭韓國人，但朋友難過，我是不會見死不救的。」

「你成語怎麼亂用一通？」

「哈哈。」

收線之後，我覺得李思源眞是一個好朋友，難怪范佳這麼喜歡他。說到范佳家，也有一陣子沒有她的消息了，剛剛忘記問李思源和她發展到什麼地步。

帶著惡作劇的心情，撥了電話回去給李思源，他一接起，劈頭就說：「就叫妳不要逞強了，不過，現在還來得及，本人暫時沒有約其他的妹，可以陪妳去散心。」

「不是啦，我是想問你和范佳家怎麼了？」

「我？」李思源突然暴怒，「我還能跟她怎麼？她煩死人了啊！」

「怎麼了？」

「每天打電話來問我餓不餓，無不無聊，要不要出去吃飯逛街聊天買東西。」

「這不是很投你所好嗎？你不是最愛吃飯逛街聊天買東西？跟你的興趣完全一致啊。」

「一致是一致，但是我不喜歡她啊。」

「你又沒給她機會。」

「我為什麼要給她機會？」

「喜歡一個人的心情是沒有錯的啊。」

「為什麼她喜歡我，我就要回應？」聽起來李思源真的火氣上衝，「我也有不想被喜歡的自由好嗎？我有我的生活，跟她的生活完全不同，她的喜歡，對我來說只是造成困擾。」

「但是……」還想說些什麼，可是李思源完全不給我機會。

「妳不要管這件事！」講完，李思源掛我電話。

這是他第一次發脾氣掛電話。

我嚇到了，他為什麼反應這麼大，我只是因為最近得到回應，覺得很幸福，所以想勸李思源不要把范佳家想得太壞，畢竟她也只是一個高中女生，喜歡不就是喜歡，哪能有什麼壞心眼呢？

對女生來說，要把喜歡一個人說出口，需要很大的勇氣。

李思源爲什麼要把事情想得這麼糟糕？

想來想去，我沒有答案，不自覺又打開手機簡訊，看著霽永傳給我的字句，愣愣地發起呆來。

怎麼他才回去幾小時，飛機都還沒降落，我卻已經這麼想念他了呢。

21

計畫中一個人的旅行，最終還是沒能成行，眞正想去的地方，在遙遠的海的另一端，但現在去也無濟於事。

於是開學的日子靜悄悄來到，穿上多繡了一條的制服回到學校，校園裡秋天的氣息瀰漫開來，落葉滿地，襯托著校園裡學生因爲開學而倦怠低迷的氣氛，倒也挺合適。

教室裡，同學們三三兩兩地聊著暑假的各種經歷，出國遊玩的人講話好像總是特別大聲，有的人會帶很多禮物回來分送給其他人，而朋友間沒拿到禮物的總是一臉惋惜。

以往聽著聽著會覺得好感慨，覺得寒暑假有爸媽陪著出國去散心的人眞的很幸福，羨慕過，也嫉妒過……

但今年，那些殘缺的遺憾因爲霽永的出現而獲得補償，我不會再羨慕別人的任何經歷，也不再因爲家庭因素而難過。

這個暑假和霽永相處的點點滴滴，或許一生都不會再擁有。

不是普通人能遇見，也不是用錢可以安排的行程，所以彌足珍貴。

下意識地把韓語課本帶在書包裡，裡面有我的字和霽永的字，交錯成密密麻麻的筆記。

要好好把韓文學好啊，我告訴自己。唯有如此，才不會對不起權老師的用心。

「好久不見。」李思源突然笑嘻嘻地跑到旁邊來。

「不是在生氣嗎？」我看了他一眼，自從那天他掛我電話之後，就沒聯絡過了。

「生氣是一時的，但溝通是必要的。」

「溝通什麼？」

「就范佳家的事情，妳不要再提她了。」李思源臉色一正，「我說眞的。」

「爲什麼？她眞的不是壞人啊。」眞的不懂男生心裡在想什麼，聽過霽永的說法，我現在一面倒地支持女生應該勇敢追求喜歡的人。

「就……總之不要提，這是我身爲朋友的要求，好嗎？」

「好吧。」既然李思源都這麼鄭重表示，我也不好意思不當一回事。「我只是覺得……」

「到此爲止。」李思源做出手勢，阻止我繼續說下去。

氣氛頓時變得有點僵硬，我不知道接下來要說什麼才好，還好老師剛好出現，大家陸續回到自己的座位上。

「各位同學，大家早！」我們班導師賈天成，大家都叫他老賈，是個逼近中年的男子，將近四十歲還未婚，看得出來以前應該挺帥的，只是歲月眞的很殘酷，如今他只能用搞笑來吸引人。「暑假過得怎麼樣？應該都很開心吧，今天開學，又要開始學習新課業，大家是不是更開心？老師準備了一大堆新的教材要教給你們耶，期待嗎？」

「不——期——待——」全班同學非常誠實又一致地回答。

「我就知道你們會喜歡！」老賈自顧自地繼續說：「不過，在學習新課業的旅程開始之前，老師要幫你們介紹一個人，這個人會是你們將來一同奮鬥的夥伴，出來吧！」

老賈非常幼稚地自以爲是漫畫主角，做出呼叫同伴的姿勢。

說完後，只見一個男生臭著臉出現在門口，制服襯衫下襬招搖地露在褲子外，接著走進來站在講台上。

「讓我隆重介紹班上新的轉學生：陳伯符同學！」老賈對轉學生說：「來，把你自己的名字寫在黑板上。」

陳同學很煩躁地轉身，寫下潦草的「陳伯符」三個字。

「來，對將來的朋友們自我介紹一下吧。」

陳伯符撇撇嘴角露出冷笑，「陳伯符，在其他學校被退學，所以轉學來這裡，老爹希望我至少可以待到畢業。」

講完之後我們班的一大半人都張大嘴，愣愣地看著台上這位語出驚人的新同學。

「好了嗎？」陳伯符轉頭問同樣目瞪口呆的老師，「我坐哪裡？」

老師回過神來，指著我旁邊的空座位，「那裡。」

陳伯符拿著看起來很輕的書包走過來，一屁股坐下，滿臉興致索然。

「好了，接下來讓我們開心地迎接新學期的第一堂課。」

哀鴻遍野中，大家拿出課本，雖然心不甘情不願，也只能乖乖聽老師上課。

通常我上課都還滿認眞聽講的，但鄰座的新同學不到五分鐘就大剌剌地趴在桌子上睡覺，讓我有點介意。

才第一堂課就這種態度，不太妥當吧。

雖然這不干我的事，但愈不想理會，愈覺得有根刺在心裡扎著一樣不痛快。

他睡了大約十分鐘開始打呼後我鼓起勇氣，伸出手推他。

他睜開眼，皺著眉頭瞪了我一眼，隨即轉過身繼續睡。

這……這是什麼態度？

我拿出尺，隔著走道戳戳他的手。

他這下子抬起頭了。就在我正想對他說「要好好上課」時，他轉頭惡狠狠地看我，接著一把搶過我手裡的尺，「啪」地一聲折斷。

我驚訝地看著他，這什麼……

全班聽見聲音，都往我們這邊看過來。他老兄沒多說什麼，把我的尺用力地往地上砸，站起身就往外走。

「現在的孩子壓力眞的很大。」老賈嘆了口氣，也跟著往外走去。

老賈走出教室，我們班開始騷動起來。大家七嘴八舌地討論新來的轉學生。

李思源走過來我旁邊，「還好嗎？」

我傻傻地看著地上斷掉的那把尺，雖然不是什麼很貴的東西，但是和霽永上課的時候，我都是用它來畫重點、畫動詞變化的表格。

李思源彎下腰，替我撿起尺放到桌上，「還好嗎？」

「嗯。」我怔怔地點頭。「還好。」

「妳沒事爲什麼要管他，他都說他被退學才轉來的，肯定也不是什麼好學生吧。」

聽見這句話，覺得好像對又好像不對。

就算他被退學，也應該要給自己重來的機會吧。

就像喜歡一個人，即使覺得不可能，也總得給自己一次機會去嘗試。

我不知道人生的道理是怎麼樣的，只覺得每個人都應該有一次機會，不論自己給自己的，或是別人給的。

那些人跟人之間相處的笑容，雖然簡單，卻舉足輕重。

「別再招惹他了吧。」李思源這麼說。

「嗯。」我依然點點頭。

望向門口，老賈氣喘吁吁地回來，身後不見人影。他沒說什麼，只是接著上課。

而我望著隔壁的空座位，突然無心於老賈的數學解題方法。

22

那天，陳伯符再也沒有回來上課，座位上什麼也沒留下，好像人沒來過似的。

開學第一天下課程，我和李思源往水利大樓的方向前進，他要去補習，我則是要去搭公車回家。

「妳要去書局嗎？」李思源買了個雞排，準備補習前先墊墊肚子。

「為什麼？」

「買尺啊。」

「嗯，應該會吧。」

「我陪妳去。」

「不用啦，你上課時間要到了。」我看看錶。

「沒關係，我陪妳去，反正很近。」

「不用了啦，我又不急，鉛筆盒裡還有另外一把尺。」想起書包裡斷成兩截的尺，還是感到有點可惜。

「咦？妳什麼時候穿耳洞的？」李思源突然發現我耳朵上有什麼不用。

「前陣子。」我不想多說霽永的事。很奇怪，就算是好朋友，有些事情也不見得能和對方分享。

這是只專屬我一個人的祕密。

「教官沒唸妳？」

「頭髮蓋住就看不到了。」

「沒事幹麼打個洞虐待自己？」

「這也是我的暑期計畫之一嘛。」爲了避免李思源繼續追問，我趕緊把他往水利大樓的方向推，「遲到啦！」

李思源嘴巴裡不知道還在唸什麼，我趕緊轉身，快步走掉。

搭上公車，隨手拿出韓文課本來看。本來在公車上的時間我都拿來放空的，但現在有時間，都想用在和霽永有關的任何事物裡。

霽永回國那天晚上，我就拿著翻譯機，努力地寫著英文信，內容當然是希望他順利回到家，看見我的信，出道日在即，祝福他一切都很順利，叮嚀他有空時一定一定要回信給我。

現在寫出這些話已經不會臉紅了，應該是拜范佳家所賜。

最近上網都在注意韓國演藝圈的消息，一查，才發現我遲鈍到忘記問霽永所屬的團體名叫什麼，後來用霽永名字查才找到。經紀公司陸續放出新團體的消息，但目前為止能找到的資料不多，應該是還沒正式開始活動。

不過現在應該是出道前最後緊鑼密鼓的衝刺階段吧，希望他不要太累了才好。

回家前，去吃阿婆的麵，阿婆還笑笑地問我，「今天外國人沒有來喔？」

「他回國了。」

阿婆笑笑的，沒有繼續問下去。我看著眼前的麵，明明是一樣的味道，我卻覺得，有霽永一起分享，感覺比較好吃。

一樣的滷味，已經不復以往的美味。

到家時，習慣性地看向霽永的門，希望他會打開門問我，「準備好了嗎？」

幾分鐘之後，才突然發現自己在發呆，他已經回到韓國了啊，傻瓜。

進家門，從書包拿出被折斷的尺，和剛剛在車站附近買的三秒膠，想把尺黏回原來的樣子。黏完之後，看起來好像還可以用，實際上一用就會很容易再斷掉。

後來索性黏好之後擺放在書櫃裡，無法再使用，當成自己的紀念品也好。

想起今天那位陳伯符同學。還是有點生氣，但又有些同情他。他一個人轉來陌生的環境，講出這種明顯會被討厭的話，自己肯定也不太自在吧。

這樣的人，應該也是很辛苦的。

一個人的夜晚，時間並沒有特別難打發。寫作業、複習功課、上網看一下信箱還有霽永的推特，也就十點多了。

霽永前幾天在推特更新了一句，「Home now.」，然後放了一張行李箱的照片。那幾個行李箱，我是眼熟的。

看見霽永寫的home，我不禁心酸起來。那裡才是他的家，而我跟他，眞的是不同世界的人。

想著想著，心情鬱悶地睡著了。

隔天到學校上課，心想搞不好今天那位轉學生也不會來，沒想到一早踏進教室，他竟然已經到校了，仍然趴在桌子上睡覺。

他是晚上都沒睡嗎？爲什麼一到學校都在睡覺？

我小心地拉開椅子，拿出書本，開始複習今天早上複習考的內容，高三生的時間表排得好緊湊，利用七點半到八點上課前考試，考完馬上交換改，老師第一堂課進來，正好可以檢討考卷，看當天第一堂課是哪一科就考什麼，老師們用身教告訴我們要善用每一秒，也算是用心良苦。

今天要考數學，是我最頭痛的科目。我連算個帳都不太靈光，解方程式算函數對我而言眞是太折磨。

從鉛筆盒拿出尺，昨天發生的事情又浮上心頭。忍不住轉頭想瞪陳伯符一眼，沒想到這一轉頭，卻發現陳伯符雖然趴在桌上，但他正睜著眼睛往我這裡看。

因爲想瞪他，被逮著正著，也不好意思轉開頭，就這麼皺眉跟陳伯符對看著。

幾秒鐘後，他再度閉上眼，我趕緊將眼光轉回課本上。暗自鬆口氣，這種互瞪的戲碼，誰先轉開頭誰就是認輸，我又沒做錯，我才不要認輸呢。

不過轉頭回來一看函數，唉，眞頭痛。

如果我是李思源就好了。這種數學題，在他眼裡和九九乘法一樣可以反射性地作答，像是不用思考，手就會自動寫出答案。

只有這時候我想成爲李思源。

說人人到，才想到他，他就從教室門口走進來，身後還跟著……范佳家？

而且兩個人竟然有說有笑的，天要下紅雨了嗎？

李思源的視線正好飄過來對上我的。我趕緊轉開頭，不想被發現我正在偷看他們兩個人互動。

沒想到李思源自己走過來，「嚇到了喔？」

我不敢置信地點點頭，不久前，還有人義正辭嚴地警告我不要再提范佳家的名字，今天他竟然可以和那個不能被提及的人有說有笑的。

男人，你的名字是善變。

「這件事說來話長。」李思源清了清喉嚨，「但其實很簡單，就是我以前……有點誤會她了。」

「你什麼時候講話會結巴了？」

「咳……這眞的很難解釋，反正……」李思源大方點頭承認，「是我不好。」

「恭喜恭喜？」我不知道該怎麼接下去，慌亂中說出了恭喜。

「不要亂說，不是這樣的。」李思源趕忙解釋。「眞的不是妳想的那樣，只是朋友，雖然她……」

她怎麼樣？我很想問，但不敢，李思源又沒繼續往下說，場面陷入一片尷尬，兩個人都不知道接下來要說什麼。

「別吵好不好？」旁邊突然出現陌生的聲音。

我和李思源一看，原趴著的陳伯符坐起身來，很不耐地皺眉。

「啊，不好意思……」我反射性地道歉。

李思源則是有點不開心，「不好意思喔，不知道這時間有人在補眠。」

「現在知道了就不要在旁邊吵，快走。」陳伯符講完之後又趴在桌上。

李思源被激怒了，想要伸手把他拉起來理論。我先一步拉住李思源，對他搖搖頭說：「算了。」

這時老賈滿臉興奮地拿著考卷走進來，「準備好迎接早晨的挑戰了嗎？」

「沒——有。」幾個人意興闌珊地回應老賈。

考卷開始一個一個傳下來，然後，隔壁座位的陳伯符拿到考卷之後，看了一眼又繼續睡覺。

眞是一個不懂得尊重別人的人。

「難怪會被退學……」我心裡想。

就在我拚死拚活寫完考卷時，陳伯符終於醒過來。他打了個哈欠，然後拿出筆。

接著，大概用了五分鐘就把考卷寫完，放下筆時，剛好上課鐘聲響。

他又轉頭看著我，把考卷遞過來，「不會寫嗎？借妳抄。」

「不用了，謝謝。」第一次遇到人家問我這種問題。

「哼。」他又把考卷收回去。

「收卷，大家請把考卷往前傳。」老賈又是滿臉笑容，「今天題目很簡單吧，是不是？」

「不——是。」我們班眞的很捧老賈的場，對他問的問題都有問必答。

改考卷時，隔壁那個人又趴在桌上睡覺。

眞是個奇怪的傢伙。

23

考卷改完傳回來，我看著上面的分數嘆氣。

唉，函數眞的跟我很不合。

前面同學傳過來一張考卷，一看名字，陳伯符，分數是……一百分。

一百分！我忍不住瞪大眼睛，看著還趴在桌上睡的陳伯符。爲什麼他一直睡覺，只寫五分鐘，竟然可以考一百分！

人生眞的有很多不公平的事情，唉，今天早上嘆的氣夠多了，還是別再自怨自艾。

我這次學乖了，不吵醒他，直接把考卷放在他頭上，不給他機會發脾氣。這次沒有尺可以讓他發洩，萬一他折斷我的手，我就糟糕了。

老賈檢討完考卷之後，開始他一貫的早晨訓話，接著才上正課。數學課還是一樣這麼不得人心，不過大多數同學都還算認眞地抄著筆記。

爲什麼數學和韓文不一樣呢？我學韓文就很開心、很有興趣，也學得還算不錯，但數學眞是很難相處，不論花了多少時間去努力了解它，最後都很難收到好的成果。

望著自己密密麻麻的數學筆記，寫是寫了，懂的部分眞的不多。

班上很多人都去補習，可是我不喜歡補習班那種氣氛，幾百個人關在一間教室裡，光是空氣，聞起來都像要讓人窒息般壓迫。

所以，儘管李思源遊說我，說補習班那種教學法眞的比老賈的教法容易懂，我仍然不願意踏進補習班。

「喂！」放在陳伯符頭上的考卷被一隻手拿起來。

他坐起來，面無表情地看著我，「妳放的？」

「……是。」我有點困難地點頭。

「爲什麼不叫醒我？」

我怕手被折斷。本來想這麼回答，但是怕手被折斷，於是回答，「你在睡。」

「喔。」陳伯符拿著考卷看了一下，又瞄了我考卷垂在桌邊露出的分數，「六十八？叫妳抄妳不抄。」

趕緊抽起考卷塞到抽屜裡，嘴巴裡唸著，「就算抄了，也不是我自己的分數。」

「也是。」陳伯符聳聳肩。「笨沒藥醫，妳繼續。」

這種話眞令人氣結。

「柳筱青，不要和新同學猛聊天，也專心看一下認眞上課的老師我好嗎？」老賈突然拿粉筆指著我這方向，「下課再和新同學培養感情也不晚。」

全班同學都哈哈大笑，往我這邊看。我的臉開始熱起來，覺得被老賈點名很丟臉。陳伯符蹺起二郎腿，滿臉無聊地看著桌子上的課本。「白痴。」

唉，我又嘆了一口氣。

這些年來，我在班上總是安靜而沉默，下課也頂多和李思源說說話，沒想到高三才剛開學沒多久，就獲得老師和同學的關注。

實在不是什麼好事情。

好不容易挨到了下課鐘聲響，想要找李思源抱怨一下，結果他不知道去哪裡了，我只好走出教室外透透氣。

其實教室裡塞四十多個人，對我來說已經太多。我還是不喜歡人多的地方，還是覺得壓迫感很重，會使我想起小時候不好的回憶。

我很怕被眾人注目，成爲目光焦點的那種壓力。

不曉得霽永是怎麼面對這種壓力的。要成爲藝人的人，抗壓性必須比任何人都來得更強大吧。

不知道霽永回信了沒有？

下意識地摸了摸耳環，希望可以給我帶來力量。

下課時間雖然只有短短十分鐘，但好多人把握這段時間到操場上丟兩球，或到福利社胡亂吃個肉包，對大家來說都是放鬆的方法。

在樹蔭下緩緩地散步，樹和青草的氣息總是可以讓我的心情穩定下來。

不知道此刻霽永正在做什麼，練舞嗎？錄歌嗎？還是和經紀人或團員討論行程呢？正思考著，卻看見眼熟的身影出現在前方，往垃圾場方向移動。

陳伯符去垃圾場做什麼？不可能會是倒垃圾吧。

出於該死的好奇心，我跟在他後面走過去。走到垃圾場，我掩住鼻子，剛好看見陳伯符踩著超大垃圾桶往圍牆上跳。

「你幹麼？」我心直口快地問出口，一說就後悔了。

只見陳伯符驚訝的眼神一閃即逝，接著又是那副無所謂的臉，「肚子餓，去吃點東西再回來。」

「學校裡也有東西吃。」

「難吃。」陳伯符講完後，身手俐落地翻牆出去。

「喂……」來不及叫住他，我捏著鼻子往回走，走沒幾步，上課鐘響起來，最後我只好認命地奔跑回教室。

到教室時，歷史老師剛走進去，我趁著起立敬禮的時候趕緊溜進教室裡。

歷史老師看著陳伯符空盪盪的座位，也沒有說什麼。

這些老師對於陳伯符的行為，好像都有點睜一隻眼閉一隻眼地寬容，他上課公然睡覺，老師也不太會叫他。

難道是有特權嗎？

算了，不管他，還是認眞上課比較實際。

這天一直到放學，陳伯符都沒有再回來。他的書包還掛在桌邊，孤單地等待著。

整理好我自己的書包，轉頭搜尋一同回家的夥伴李思源，他又消失了，怎麼回事？

走到校門口，終於看見李思源和范佳家正並肩走著。

感覺有點失落。

幾年的朋友，昨天還在關心自己的人，今天就從生活裡消失。

結果今天和陳伯符說的話還比和李思源說的多，眞是世事難料。

回到家之後，隨手打開電腦，期待已久霽永的回信，終於寄來了。

信件一打開，霽永笑開懷的照片映入眼簾，我有點陰雨的心情頓時放晴。

信裡先問我最近好不好，接著交代他會愈來愈忙，可能沒有很多時間回信。不過只要是我寄的信，他一定都會看，也說我可以隨時上推特看他的訊息，他會盡量抽空更新，不過前提是我要好好地把韓文學好，因爲很多時候他都會用韓文留言。

字句不是非常多，卻讓人感到安慰跟溫暖。

和霽永的關係既讓人期待卻又不應該期待，但每次摸著耳環，就會想起他說的話。

「不能說喜歡，也不能說不喜歡。」這是霽永說的，我永遠會記住，不論是眞是假，對我來說都意義非凡。

傻也好，單純也好，只要相信他，夢想或許有天會變成眞實也說不定。

反覆看著霽永的信，突然覺得自己好像可以一個人這麼支撐著。

思索了一會兒，我回信給霽永，習慣性地開始近況報告，雖然不知道霽永有沒有興趣，不過寫出來我自己也比較輕鬆。

「霽永，

收到你的信很開心，謝謝你記得和我之間的約定。

本來以爲那些事情會隨著你回國而漸漸被淡忘，不過你回的信給了我勇氣和力量。
不論將來如何，我都一定會支持你。
談談我最近的生活吧，一開學，班上轉來個奇怪的同學，座位被安排在我隔壁，但第一天相處他就折斷了那把我用來畫重點的小熊尺。
接著，第二天他翻牆出去就沒回來上課。
第二件事，是很好的朋友竟然和他口口聲聲說討厭的女生有說有笑地走進教室，還忘記放學後我們總是一起走到車站，跑去和那女生一起放學。
世界變化得好快啊，霽永。
原本以爲永遠會在的東西，竟一瞬間就消失無蹤。
有點失落，不過，接到你的信，讓我恢復了好心情。
謝謝你。
希望你出道大發！大發！

筱青」

最後一句，我想寫韓文以表示誠意，在網路上下載了好用的韓文輸入法，研究了好一會兒才寫出這句，看來我還是要多學習才行。
按下「傳送」，寄出信件，連上霽永的推特。
看來也得申請推特帳號，研究一下怎麼用才行。平常打開電腦都只是看看網頁，偶爾和朋友用MSN聊天也就是全部了。

推特雖然是英文介面，但稍微了解之後也很容易上手。於是我也加入推特一族，開始關心霽永在推特上更新的訊息。

最近他更新得滿勤的，不過每天的場景不是錄音室就是舞蹈室，有時候上傳了一身汗水的照片，有時候則是在錄音室睡著的模樣，但不論是哪種照片，只要拍到耳朵，我都可以看見，那枚和我相同的寶石仍掛在霽永的耳骨上。

這種感動，我眞的無法形容，每次看見都想要落淚。

照片裡除了霽永，其他團員們也常常是一副累慘的模樣。但儘管身體疲憊，臉上的笑容卻很滿足。可能是夢想隨著即將發片而一步步接近，那種令人起雞皮疙瘩的興奮感，肯定可以讓他們忘卻滿身的疲憊。

每一篇心得都有好多人回文，但因爲大部分都是韓文，我還看不太懂，眞的得好好加強自己的韓文才是。

遇到霽永之後，人生目標好像也慢慢浮現了。

喜歡一個人的心情，原來可以成爲自己生活的原動力。

有好多好多話想對霽永說，又怕說出來會成爲霽永的負擔。現階段，他最重要的事情不是愛情，而是他最重要的音樂。

在相處的短暫時光中，我清楚地了解到音樂在他心中的重要性。他曾經說過，沒有音樂，他就像失去靈魂，「像是死掉的自己……」那時候他這麼說。

所以，能夠保留這枚耳環，對他來說，已經是極限的表達了吧。

我會好好珍惜這一切。

過了一會兒，霽永又更新了訊息。

他這麼寫著，「有時候壓力很大，心裡會突然湧現放棄的念頭。雖然只是一瞬間，也讓人十分自責。因爲一放棄，就什麼也沒有了，那些努力全都會消失不見，沒有人看見你過往的努力，只會看見你決定放棄，所以我死也不會倒下。」

這幾句簡單的文字，讓我紅了眼眶。

霽永到底在過怎麼樣的生活呢？我好想知道，好想現在就飛到韓國去，陪著霽永度過這些疲憊的日子。

於是默默地回了文章，「只有堅持，才能讓你的光芒變得燦爛耀眼。」

幾分鐘後，他沒有回覆，我就關掉電腦，開始複習今天預定要讀書的進度。

人生要做的事情非常多，我不能只是在原地等待，我要追趕上去。我無法在音樂上給他任何幫助，只能默默地做好自己該做的事情。

這種遙遠的想念，雖然是煎熬，但在煎熬之外，還是要具體地去做些什麼來彌補這種痛。與其浪費時間在難過，不如打起精神來，把霽永交代給我的功課做好。

前面雖然有許多不可預知的事情，可是霽永告訴我不必去擔心什麼，只需要把現在該做的事情做好，沒有現在，就沒有將來。

手機響起，顯示來電是一大串詭異的號碼。狐疑地接起來，我聽見霽永的聲音。

「睡了嗎？」

一瞬間，我的眼淚不受控制地流下。我刻意地壓住自己激動的情緒說：「還沒，怎麼會打電話來？」

「謝謝妳給我的鼓勵，我看見了。」

我能想像電話那端霽永十分溫暖的微笑，「不客氣，我剛好要複習韓文……」

握著手機的手顫抖著，我聽著霽永的聲音，心情慢慢穩定下來。聊了幾分鐘，霽永說要回宿舍，下次再聊。

收線之後，我仍然盯著自己的手機，不敢相信霽永竟然從遙遠的國度打電話來給我。

這應該代表我在他心裡還有點位置吧，應該可以這麼想吧？

把手機抵在頭上，剛剛應該錄音的，這樣就可以反覆播放，反覆聽著霽永溫柔的聲音對我說謝謝，說他最近的生活……

按下音響的播放鍵，霽永的音樂開始在小房間裡流瀉著這些曲子還沒配上完整歌詞，有時候霽永會哼個幾句，有時候只是用一句英文反覆不停地哼唱著。

這是霽永臨走前交給我的ＣＤ，他說等配上詞之後會更棒。

我好矛盾，既希望大家都欣賞他的音樂，肯定他，又怕他受到喜愛之後會有更多粉絲，會接觸到非常多優秀的女生，會有更多更多的人愛他……光想都覺得恐慌。

霽永的推特又更新了，這次只有一張照片，是他耳骨上寶石的特寫。

看著這張照片，我又哭了起來。

不需要說任何話，不需要做任何事情，只是一張照片，就輕易地平撫我的恐慌，讓人平靜下來。

他讓我知道，要全心去相信。

25

昨天發奮讀了兩個小時的韓文，結果睡眠不足，今天早上在公車上睡過頭了。過了兩站，司機大哥發現我，驚訝地叫醒我，「同學，妳的學校已經過兩站了，快點下車去對面搭回去。」

既丟臉又狼狽地跑下車到對街，五分鐘後搭上下一班車，剛好在車上遇到李思源。

這個見色忘友的傢伙。

他看見我，走過來，「妳怎麼會在這裡上車？」
「我偶爾也會從這裡上車，是你不了解我。」
「我看是睡過站了吧。」李思源忍不住笑。
「哼，我才不像你，見色忘友，有女友就不要朋友了。」
「妳怎麼這麼說？」李思源先是不解，後來才恍然大悟，「妳是在吃醋嗎？」
「吃你的大頭醋！明明前幾天還罵我，叫我不要提起某人，結果自己跟某人有說有笑，一整天膩在一起，還忘記自己總是跟好朋友一起回家，結果丟下朋友，自己和女友甜甜蜜蜜去了。」
「好酸啊，有人打翻醋了嗎？」李思源捏著鼻子。
「懶得跟你說。」我轉頭不想理他。
「不要這樣啦，來來來，我跟妳好好解釋一下。」李思源拉住我。
「我才不要聽呢。」
「拜託妳聽一下。」
在李思源的半強迫之下，我不得不聽完他冗長的解釋。原來是因爲充滿勇氣的范佳家在回家路上堵到李思源，梨花帶淚地問他爲什麼不願意接受她。沒想到這種充滿鄉土劇味道的梗，竟然會出現在現實生活中，李思源當下震驚到傻愣愣地說出了當年的事情。然而，事情絕對不是我們憨人想得這麼簡單，原來當年的事情根本不是他認爲的那麼回事（但到底是怎麼回事，李思源也沒講），反正就是：范佳家雖然是高傲的大小姐，可是心地善良，私底下也有脆弱的一面。她眞的很喜歡李思源，喜歡到不惜爲了他做壞事的地步。

這劇情眞的很像鄉土劇，李思源可以考慮把自己的遭遇拿去投稿，應該會被編劇採用。總之，公車上吵吵鬧鬧的，整個無聊的過程我其實也聽不太清楚，下車之後繼續說的故事，也因爲我精神不濟所以沒有專心在聽。但重點就是李思源和范佳家現在誤會冰釋，變成了「好朋友」。

「好、朋、友？」我非常認眞地懷疑這句話。

「眞的不是男女朋友，只是好朋友而已，就像我跟妳一樣。」走進校門時，李思源下了總結。

「你不要再扯到我身上，萬一我又被范佳家誤會，不知道還會被怎麼挑撥，我很怕。」我假裝退開三步。「我還是離你遠一點，生活會比較安心。」

「妳不要這樣啦，她不會再對妳做什麼了啦，她知道我和妳只是純純的友誼。」

「是嗎？」想起之前范佳家說什麼李思源喜歡我之類的話，難道那也是謊話嗎？

「我被你們兩個人弄得好糊塗啊。」

「唉唷，詳細情況我叫她自己來跟妳講好不好？」李思源抓抓頭。

「拜託不要。」我不擅於應付這種狀況，不要製造這種複雜的場面來讓我頭痛。

「我了解了，我完全了解，以後不會誤會你。」

「妳說謊很明顯的。」李思源又嘆了一口氣。「這麼單純，以後怎麼跟人家在社會上混？」

「干你……什麼事。」我對著李思源，又打了一個大哈欠。

「沒禮貌！昨天當賊了是嗎？」

「我讀書讀到深夜好不好？」

和李思源邊吵邊走進教室，剛好是晨考要開始的時間。今天考的，是我完全不害怕的英文，放下書包後，非常得心應手地寫了起來。

不意外，旁邊陳伯符依然在睡覺。

我感覺自己旁邊這區是動物園的無尾熊區，有隻無尾熊成天在睡覺，只有吃飯時會醒過來。

其實看他這樣睡，我都有點想睡了。在我睡意搏鬥中寫好了考卷，正想學隔壁同學趴下睡覺時，隔壁那隻無尾熊睜開眼睛了。

無尾熊伸出手要拉我的考卷，「借我抄一下。」

「不要。」我義正辭嚴地拒絕，「你自己寫。」

「我懶得想。」

干我什麼事？我賭氣地回，「那就不要寫。」

「也好。」他聳聳肩，灑脫地趴下來繼續睡。

這下換我目瞪口呆，這人也未免太、太……這成語怎麼用？廣納諫言？

幾十秒之後，我忍不住問他，「你眞的不寫喔？」

「妳又不借我抄。」

「你本來就應該自己寫啊。」

「我又不是不會寫，只是懶得想。」

「想一下又不會死。」

「就很煩啊。」

「沒關係啦，人生就是很多要煩的事情啊。不煩的話，怎麼能感受到煩完之後的開心呢？」

無尾熊……不，陳伯符這下子盯著我不說話，看得我開始不自在。

「妳……很奇怪啊。」講完之後，陳伯符拿出筆，看著考卷開始作答。

剎那間，我覺得自己點化了頑石，讓他變成好學生。

心中燃起熊熊的火焰，啊！原來這就是當老師的成就感，我終於知道老賈平常的挫折感有多深，他講話都沒人要理他。

但這感動只維持了五分鐘，五分鐘後，陳伯符又趴下了。

「你怎麼又睡？」

「寫好了不睡要幹麼？」

「寫好了？」我狐疑地問他。怎麼他寫什麼考卷都只要五分鐘？

「不然妳拿去檢查。」他「唰」地抽出考卷，遞到我面前。

「不用了，謝謝。」

「妳……眞是個怪人。」陳伯符拿回考卷，丟下這麼一句就又睡了。

你才是怪人呢！我在心裡大聲地頂回去。

不久後，考卷改回來，我拿了九十二分，於是我把考卷拿到陳伯父……不，陳伯符面前，得意地秀給他看，「我也是有拿手科目的。」

結果他從鼻子哼了一聲，露出很機車的笑容，拿起考卷放到我面前。

一百！

「爲什麼？」下課時，我按捺不住滿腔的憤怒，吵醒仍然在睡覺的陳伯符。

是啊，爲什麼？他上課都在睡覺，下課也都在睡覺耶，成天都在睡覺，爲什麼每一科都學得那麼好？

「到底爲什麼？」

「妳很煩耶！」陳伯符皺眉頭摀住耳朵。

「我眞的很想知道爲什麼啊！」我不能接受一個成天睡覺的人成績竟然是這樣，他應該要考二、三十分，好讓我感受到他跟不上進度才睡覺的無奈啊。

怎麼可以是這種只花五分鐘就考一百分的優秀啊！

「妳這麼笨，我很難跟妳解釋。」陳伯符轉頭，不太友善地對我說。我趕緊把桌上所有可以折斷的東西都收進抽屜裡。

「我看你是口才不好，所以不會說明。」使用對李思源最有用的激將法試試看。

「是啊。」陳伯符點點頭。「好好讀書吧，笨蛋。」

啊！爲什麼世界上有這種讓人生氣的人啊？

26

「妳最近跟妳隔壁那個不良少年很不錯喔？」午餐時間，李思源難得和我一起到熱食部買吃的。

「阿姨，我要貢丸麵！」點餐之後，我轉頭對李思源抱怨，「你都不知道，超詭異的！他每天上課都在睡覺，是眞的在睡覺喔！但每次考試都只寫五分鐘，最後還考一百。我眞的很想知道爲什麼啊！」

「他這麼厲害喔？」

「本來以為他是在其他學校功課跟不上才轉學來，但照這樣看來，他功課一點問題也沒有啊。」

「所以應該是品行有問題？」李思源發揮了他的推理思維。

想起陳伯符那種嘲笑人的嘴臉。「品行肯定是有問題的，但應該還有祕密才對。」

「啊，佳家叫我等一下去找她，我先走囉。」

「見色忘友。」

「就說了不是，不然妳一起來。」

「我才不要當電燈泡。」

「約妳來又不來，不約妳妳又抱怨，女人喔！」

「快去快去！」我踢了李思源一腳。「愛情至上。」

李思源白了我一眼，隨即拿著剛買的肉包離開。

我則是捧著貢丸麵，走到常和李思源聊天的大樹下坐好，準備享受。

不知道這時候的霽永是不是正在吃烤肉喝蔘雞湯呢？

想到他的時候都會微笑，突如其來的一通電話，讓我無可救藥地喜歡他更多。雖然只是短暫相處，也可以眞心喜歡上一個人。

第一次談這種辛苦的戀愛。

對方沒有說過喜歡我，他只說了「不能說不喜歡妳」這樣模棱兩可的字眼，卻用他的眞心和音樂深深擄獲我的心。昨天的電話，我當成是他對我表示喜歡了。

「難吃吧。」旁邊突然出現男生的聲音，我被嚇到手一抖，整碗麵就這麼灑到草地上，貢丸滾了幾圈後，被聞香而來的校狗一口吃下肚。

抬頭一看，是陳伯符。

「幹麼嚇人。」我沒好氣地問。

「我看妳盯著麵發呆才問妳的。」

唉，這下子是應該再去買一碗，還是乾脆就別吃了呢？

「也好，反正很難吃。」

「很難吃是我吃又不是你吃，你管那麼多！」我生氣了。奇怪，我又沒有惹你，怎麼講話老是這樣夾槍帶棒地傷人。

「妳眞的很怪。」

「我怪又怎麼樣？哪裡惹到你啊？」我站起身來，往合作社走去。

「我帶妳去吃。」陳伯符拉住我的手。

「不需要！」

「走！」陳伯符硬拉著我，就這麼往校門口走。經過警衛室時，竟然也沒有人攔住我們。

「去哪裡啦？我還要上課。」

「那種課，不上也沒關係。」

「你沒關係，我可有關係！」

「也是，妳那麼笨。」

「你！」

走著走著，竟然走進了學校附近一家很有名的義大利餐廳。

進門之後，服務生和陳伯符還聊了一下，平常日中午，餐廳沒什麼客人，我們坐在餐廳裡面一個隱密的角落。

「這位置很好，蹺課不會被人發現。」

「我沒有要蹺課！」

「菜單給妳。」陳伯符把菜單放到我面前，精美的圖文讓人頓時餓起來。

「我沒有要蹺課。」我有我的堅持。

「那就快點點餐，快點吃完。」

「好吧。」說得也是，幾經思量之後，還是點了很簡單的奶油培根義大利麵。

因爲我身上的錢只夠點這個。

「就這樣？」陳伯符挑著眉看我。

「是。」

他沒繼續說話，拿著菜單走到櫃檯去，跟剛剛和他聊天的服務生講了一下話就回到座位。

接下來我沒說話，他也沒說話，場面一下子變很乾，我只好一直不斷欣賞餐廳的裝潢。

「妳眞的很怪。」

「這句話到底要講幾遍？」我已經不想再聽了。

「我本來以爲轉來這間學校很無趣，但妳還滿有趣的。」

「我該說謝謝嗎？」

「那，我讓妳問我一個問題，我什麼都會回答。」陳伯符傾身向前，把手放在桌上，另一隻手托著臉頰。

「眞的嗎？」

「眞的。」

「你爲什麼會轉學來這裡？」

「這是第二個問題了，我不用回答。」

這是整人遊戲嗎？

「就說妳笨。」

我閉上嘴不說話，有點想走。陳伯符渾身是刺，讓人感覺很不舒服，我又沒有欠他，爲什麼他講話要這麼討人厭。

相較之下，不論我問了什麼笨問題，霽永永遠都很和煦地笑著回答的方式，讓人感覺好多了。

想著想著，眼淚自然地滑落下來。

「喂？妳幹麼？」陳伯符一副受到驚嚇的樣子。

「你爲什麼要一直欺負我？」

「我？」

「是啊，先是折斷我的尺，講話又刻薄。我跟你根本不熟，你考試很厲害是你的事情，我考不好我會努力啊，爲什麼老是說我笨，今天還耍我？我不是很會和人相處，但跟你相處比跟任何人相處都更難受。」我心情有點激動，話講得斷斷續續。

我講完之後，陳伯符沒有說話，當下場面又很冷，食物也還沒送上桌。

正想站起身離開，服務生就端上了一道道佳餚，擺滿四人桌的桌面，有義大利麵、披薩、焗烤、酥炸雞塊、薯條……好多香噴噴的食物。

「吃吧。」陳伯符看著我。

「我想回學校。」滿桌的食物很動人，但「不食嗟來食」這點自尊心我還有。

「好，那回去。」陳伯符拿著帳單站起來。

我看著桌上的食物說：「那這些……」

「叫他們丟掉啊。」陳伯符一臉不在乎的樣子。

「好浪費。」

「不然怎麼辦？妳又不吃。」

「你自己可以吃啊。」

「那是幫妳點的。」陳伯符把服務生叫過來，「那些等一下都丟了吧。」

「好。」服務生很詫異，還是尊重了客人的意願。

「等、等一下！」我萬分艱難地開口，「我、我吃就是了。」

陳伯符看著我，「不是要走？」

「吃完再回去好了。」

「妳眞的很……」陳伯符話講到一半又停住，整個人往後靠在軟軟的沙發上。「算了，是我不好，我講話就這樣，不是針對妳。」

我沒回話，心裡面還是覺得委屈。

「這是我讀的第三間高中，第二次高三，那些課程我以前都上過了，家裡也請家教在上課，所以那些題目我一看見就知道答案，不是因爲我特別聰明。」陳伯符慢條斯理地吃著義大利麵，「我只是常覺得一個人很無聊，家裡每個人都叫我要努力讀書，但我不知道努力讀書的意義在哪裡，我想認眞研究的東西沒人理我，只是不斷叫我認眞讀書，所以我在學校看見書就煩，天天睡覺，有架打就打，沒架打就蹺課打電動。大人們對不起我，我也不需要照大人們的期望去生活。不過話說回來，這還是我第一次蹺課請女生吃飯。」

「你家裡都不管你嗎？」

「管什麼？他們人都在大陸做生意，一年回來一兩次，家裡只有我跟傭人，誰管我？」

我家裡也只有我一個。我差一點想這麼說，卻又忍住了。

自己一個人又怎麼樣呢？難道因爲這樣，就要讓自己變成討厭鬼嗎？

「你不覺得自己這樣很幼稚嗎？」

「什麼？」

「你不應該覺得誰對不起你，沒有人需要爲你的生活負責，你自己才是要打理好自己生活的人。」我邊吃著條邊說：「還是……你因爲沒人陪在你身邊，就要起小孩子脾氣來了呢？」

陳伯符停下吃飯動作，看著我，然後叉子一丟，就拿著帳單去付帳。

付完帳之後，他就頭也不回地離開餐廳。剩下我一個人坐在那裡，面對著整桌的食物發呆。

27

因爲在餐廳坐著思考太久，等到回過神來，我才發現下午第一堂課已經快結束了。於是我下午蹺了課，帶著一大堆打包的食物回到家裡，這應該可以讓我吃好幾天。

整理好東西，我坐在窗邊看著陽光普照的庭院，想起今天陳伯符離去的身影，開始有點罪惡感。

話是不是說得太重了？雖然我和他都是一個人，但至少我每天都會和爸媽通電話，假日偶爾也會回家去一起吃飯之類的，他是一年到頭只有自己。

想想，陳伯符也是很可憐，因爲性別的關係，難免會先入爲主覺得男生比較堅強，但或許男生偶爾也需要雙親的關愛和擁抱。

以前在家裡會覺得爸媽很煩，一下叮嚀這個一下交代那個，每天總是叫我不要這樣、不要那樣的。離家之後，才慢慢了解到，其實他們心裡還是把我當成孩子，害怕我們跌倒受傷，害怕我們不懂得照顧好自己。

在他們心裡，我們永遠都沒有長大，是需要人保護著的孩子。

自己一個人住，才明瞭原來他們很愛我，只是很多時候他們表達的方式會讓人覺得很囉唆，讓人很煩，但那些都是擔心和關懷。

說來諷刺，我和爸媽拉開了距離，才和他們關係變好，彼此之間的衝突也減少，偶爾回家，大家還會互相調侃開玩笑，比起過去大家相敬如「冰」的模式好上幾十倍。

甚至連那個妹妹，我也漸漸理解她的行爲並不是她自身的問題，而是來自於父母對她的錯誤教育，不能全怪她。

人是不是都這樣，離得遠一點，才看得見對方的價值？

很多時候，我們看見事物的表面就下結論，實際上，很多事情沒有客觀去觀察，是看不清的。

我也是最近才學會感激他們。

我的生活無虞，能夠這樣無憂無慮地專心讀書求學，是一種幸福。

小房間裡依然迴盪著霽永的音樂。最近我都習慣聽他的音樂，感覺他就在身邊陪伴著我。

在日記本上胡亂塗鴉寫著自己的心情，不知不覺已經下午四點多，早過了放學時間，我想去把書包跟雜物帶回家。

想不到我也成爲會蹺課的學生。人生第一次蹺課，竟然是因爲在餐廳裡食物點太多吃不完，請客的人又發脾氣走掉了。

搭公車到學校，我兩手空空進校門，被誤會成是吃完晚餐回學校繼續挑燈夜戰的學生，校門口警衛伯伯給了我一個鼓勵的笑容。

對不起啊伯伯，我是因爲蹺課，才會現在回來拿書包的。

教室裡燈火通明，但只剩下兩、三個人，全都安靜地在念書。升上高三，大家都會自動進入「苦讀模式」，好像高一高二的歡樂都已經遠去，只剩下考試了。

我的座位上意外地空空如也，上面貼著便條紙，寫著，「書包我先帶走，晚上補習完拿去給妳。」

細細長長的，像宋徽宗的瘦金體，這是李思源的字。

看著便條紙，想到他補習完就九點了，他到我家可能要將近十點，等到我寫完作業，複習完，可能已經凌晨了。我應該趁現在還不到上課時間，先去補習班找他，把書包拿回來，晚上才可以先寫作業，然後上網看霽永的消息，這樣安排才對。

打定主意後，趕緊往水利大樓前進。放學後，一中街總是人潮洶湧，擁擠得很不舒服。

往補習班的電梯前排了一長串隊伍，大家都在等待。站在隊伍裡面，我覺得呼吸有點困難。

好不容易擠進電梯，大家緊貼著的觸感讓我更加彆扭，不自覺呼吸愈來愈急促，撐到補習班所在的樓層時，電梯一打開，我不顧一切粗暴地擠開前面的人往外衝。

因爲還不到上課時間，補習班裡面大家都在聊天。之前和李思源上來過一次，隱約記得他的教室在哪邊，還沒走到教室時就聽見熟悉的聲音在背後響起。

「筱青？」

轉過頭，果然是李思源。我鬆了一口氣，「啊！終於找到你了。」

「妳還好嗎？臉色怎麼這麼蒼白？」

「人太多……」我有點喘不過氣。

「妳知道自己會這樣，還來這裡。」李思源搖搖頭，拉著我到角落一間人比較少的教室裡先坐下，「我去拿書包，妳先坐在這裡等我。」

冷氣很強，天花板很低，我實在很不適應補習班的一切。

自己不是太會念書的人，不過我喜歡泡杯茶，一個人坐在書桌前讀書，邊寫筆記邊讀，還可以聽音樂，比較愜意。沒有人逼著我去做什麼事，自己想做才比較自在。

難道我就是因爲這樣，書才念不好嗎？太隨性了。

還好爸媽體諒我有這樣的障礙，從來也不逼我去補習班，在這方面，我眞的挺感謝他們的。

「還好嗎？」沒多久時間，李思源已經拎著書包走回來。

「嗯，比較好了。」

「走吧，我送妳回家。」

「你要上課耶！」

「我不放心妳一個人這樣亂跑，等一下萬一昏倒我就罪過了。」李思源推著我往電梯方向前進。

下樓的電梯幾乎沒人，所以我也自在了一點。

就這樣一路走到公車站，我對李思源說：「不用送了啦，我自己可以的。」

「確定嗎？」李思源還是很擔心的樣子。

「確定確定，你回去上課吧，我到家傳簡訊給你。」

在我的不斷堅持下，李思源終於轉身往回走。我則是偷空走進書局亂逛，最近老是喜歡買筆、買筆記本、買可愛的貼紙來裝飾日記本。

有時候在日記本中貼個貼紙，把去博物館或看電影的票根貼上去，或是去哪裡玩拿的宣傳單都亂貼在日記本上，回過頭再看，都覺得自己好像做了很多事情。

雖然大部分時間都待在學校，但是留下些回憶總比什麼都沒有好。

一整年過了三分之二，過去一個多月，日記裡寫滿了霽永，貼上和霽永一起去逛夜市買小飾品的包裝紙，還有他在紙上畫給我的火柴人，我都先用透明袋子裝好，再貼在日記本裡。

買了幾捲膠帶，走出書局，準備搭公車回家時，看見熟悉的人影迎面而來。

陳伯符右手搭在一個長髮飄逸的正妹肩膀上，兩個人有說有笑地往我這方向走過來。

因為距離太近，來不及閃開，就這麼正面碰上了。

兩人眼神對上的瞬間，他愣了一下，我趕緊打招呼，「哈囉。」

他沒有說話，直愣愣地看著我，倒是身旁女生綻開微笑，「嗨！」

「我先走了。」不知道該怎麼接話，我趕緊告別，打算一走了之。「拜拜。」

「等一下。」陳伯符突然叫住我。

「什麼？」

「妳走吧。」陳伯符放開手，對他旁邊的女生這麼說：「以後不用聯絡了。」

「搞什麼？」那女生很震驚。

「我沒有很喜歡妳，玩玩而已。」

「你！」女生揚起手來，卻被陳伯符一把抓住。

「我這樣算很客氣了，快走吧。」

那女生雖然滿腔怒火，也只好頭一甩就離開現場。

旁邊有些人在看熱鬧，我則是有點尷尬地站在原地，走也不是，不走也不是。

「走。」陳伯符拉住我。

「去哪？」

他又沒回答，拉著我繼續往前走。

「去哪啊？」我被拖著走了幾步，有點生氣，停下腳步看著他，「這算什麼？」

陳伯符繼續沉默，表情像是有點倔強地生著悶氣。

兩個人在尷尬的沉默中度過了五分鐘，陳伯符終於嘆了口氣，對我說：「我有話要跟妳說。」

「什麼？」

「先吃飯，我餓了。」陳伯符說完，又自顧自地往前走。走沒幾步，回頭看我沒跟上，隨即又說：「快點。」

我無奈地邁開沉重的腳步跟著他，心裡想著，剛剛真不應該去書局逛這十幾分鐘的，如果早早回家，就不會碰上陳伯符和那個女生。

這下子不知道又是什麼事，只能唉聲嘆氣地往前走。

28

雖然現在是九月，晚上風吹過來已經有點涼意。我跟著不說話的陳伯符，走著走著，又走回了中午去的那間餐廳。

到了一樣的座位坐下之後，陳伯符突然非常誠懇地對我說：「對不起。」

被這突如其來的道歉驚嚇到，當場不知道該怎麼反應。

「下午被妳這麼一說，本來很火大，火大到想去……」陳伯符停頓一下，看了看我，又繼續往下說：「但想想又不對，妳跟我那麼不熟，卻敢這樣跟我說話……應該也是很中肯。我這個人講話就直接，妳聽起來不舒服，我還是這樣。朋友來來去去的，記得住的也沒有幾個，但今天妳說的話，讓我突然想到一件事。」

「什麼？」

「或許，妳就是適合待在我身邊的人。」陳伯符看著我。

「啊？」沒料到會聽到這種結論，所以我著實不知道該如何回答。

「我想，妳應該就像是我人生中的煞車，幫助我在衝動時刻冷靜下來，或是當我很混亂時，妳會幫助我思考。當我無聊時，妳又可以激怒我，讓我不那麼無聊，妳眞的很會激怒人啊。」

「啊？」這是一種優點嗎？

「所以，妳要待在我身邊嗎？」陳伯符點的義大利麵又送上來了，說「又」是因爲這盤麵下午才見過，現在躺在我家冰箱裡。

「不要。」我搖頭。

「爲什麼？」

還問爲什麼？這問題誰會說出「喔，好啊」這種答案？

「因爲我有喜歡的人。」

「我不是叫妳喜歡我，是叫妳待在我身邊啊。」

「不要。」

「爲什麼還是不要？」陳伯符有點跳腳。

「因爲聽起來很荒謬。」

「聽起來荒謬的事情，往往會成爲偉大的傳說。」

「偉大的傳說，最後通常都會有人死掉。」

「妳！」陳伯符眼看著又要跳起來，可最後他忍住了，拿著叉子很用力地戳那些義大利麵。「妳看，妳眞的很容易激怒我。」

「是你自己太容易生氣吧。」這干我什麼事？「我和李思源講話也這樣，他就從來沒有折斷我的尺，或者是丟下我一個人自己走掉。」

好吧，丟下我這件事李思源做過，不過反正陳伯符不知道。

「說穿了妳就是在記恨嗎？」陳伯符轉頭，深呼吸一口氣之後又轉回來，「妳要什麼尺，我買給妳。」

「買不到了，那是很久以前買的尺，而且重要的不是尺，是我和那把尺相處的回憶。」

「回憶？和一把尺會有什麼屁回憶？」陳伯符像跟義大利麵有仇一樣，不斷地戳著盤子。

「你再這樣戳，盤子都要裂了。」我冷靜地看著陳伯符的臭臉。

也不知道為什麼自己這麼冷靜，陳伯符脾氣很壞，感覺很凶，確實也有暴力傾向，但本質上不是個壞人。

其實捋虎鬚也挺有趣的。

「好吧，那我退而求其次，妳沒事的時候，可以跟我在一起嗎？」

「不要。」

「那到底有什麼可以的？」陳伯符快要把叉子折斷了，看來以後什麼東西都不可以借給他。

「我……可以當你的朋友。」我對陳伯符這麼說。

我知道一個人孤單慣了的那種無奈，以前自己也是這樣過來的，或許想著別人都不了解我，或許自我安慰一個人反而自由自在，但心裡都渴望有個朋友可以陪伴，所以當李思源對我付出友誼時，我表面上雖然沒有表現出什麼感動的反應，心裡其實有個地方慢慢地溫暖起來。

原來，有朋友是這樣的感覺。

原來，被關心是這樣的感覺。

後來遇見霽永，霽永給了我很短暫卻非常美麗的回憶，就某部分而言，我們互相喜歡著彼此。

我對霽永的感覺是喜歡，毫無疑問的喜歡，無可救藥的喜歡。

霽永沒有給我具體的承諾，不過他有他的難處，我能體諒，也必須體諒。

只是還希望有一天我能夠聽見霽永把那句話修改成「我喜歡妳」。

所以，現階段的我能夠給陳伯符的，就是眞摯的友誼。

雖然我不太懂他說的話是什麼意思，但我知道他的孤單。

「我可以當你的朋友。」我堅定地重複。

「好。」陳伯符露出一個很孩子氣的笑容。「朋友會天天在一起吧？」

「不要。」我想一想之後，這麼回答他。

「怎麼又不要！」

我笑了，陳伯符沒有想像中的壞。

想起第一次見到霽永時，還以爲他是個不良少年，其實這些事情才過去沒有多久，卻彷彿很遙遠。霽永離開後的日子，感覺每一天都過得太長了。

長得像沒有再相見的機會那樣難熬。

這天晚上，和陳伯符又吃了與下午差不多的菜色之後，肚子超撐的，所以兩個人離開餐廳時有點行動困難。

「今天那個女生是妳女朋友？」

「沒啦，就認識的女生。」

「亂說，明明摟著人家的腰。」

「妳想要的話，我也可以摟妳的腰。」

「誰要給你摟！」

走到一個路口，我想左轉往公車站方向去，陳伯符突然指著另外一邊對我說：「我的機車停在那邊。」

「喔。」我轉身要離開。「拜拜。」

陳伯符馬上拉住我的手往另外一邊走。「我載妳。」

「不要。」

「沒得選擇，這麼晚了，沒有讓女生一個人回家的道理。」

「男生怎麼都有這種奇怪的堅持？」霽永是，李思源也是，現在連陳伯符都說一模一樣的話，難道男生的大腦都內建這種「不可以讓女生一個人回家」模式嗎？

坐上陳伯符的機車後座，我又想起霽永，不知道還有沒有機會再次坐在他的機車後座，環抱著他略顯單薄的身軀。

霽永的照片，我每張都列印出來貼在日記本裡，日記本的封面，現在貼著那張他耳骨上寶石的特寫。

愈想，就愈希望陳伯符速度再快些，快點讓我回到有電腦的家中。

到家門口，陳伯符拿下安全帽，好像還有什麼話要說，但我立刻迅速地向陳伯符道別，奔跑進來，一點都不想再多跟他廢話。

剛到家，還沒來得及打開電腦，手機就響起來。

胡亂從書包中翻出手機，「喂。」

「妳不是說到家要打電話？」

「啊！」手機拿開，一看名字，是李思源。「對不起，不過我也是現在才到家。」

「妳回家需要花兩個多鐘頭喔？我都下課回到家了。」

「不是，我在路上遇到……」講到這裡我停住，講了這個，是不是就要把後續的事情也說出來？

「遇到誰？」

稍微遲疑一下子，還是說出，「陳伯符。」

「遇到他又怎麼樣，跟他說再見不就好了嗎？」

「本來是這樣想的，但是後來……」

「妳什麼時候講話變得會結巴？」

「反正他後來找我一起去吃飯。」手機轉成擴音：放在一旁，趕緊快手快腳地打開電腦，鍵入密碼。

等一下霽永的推特會不會更新呢？

等一下應該怎麼和霽永說呢？終於出道了，最近應該很辛苦吧？聽說在拍MV，不知道完成了沒？宣傳照我在網路上看到了，非常帥氣呢。現在還聽著你的音樂，可以讓我放下一整天的疲倦。

發現自己霽永講話變得撒嬌，是不是太過一廂情願了呢自己。

「妳有沒有在聽啊？」李思源的聲音突然打斷我思緒。

「啊，有啊。」我心虛地回答，其實剛剛他說什麼我都沒在聽。

「那我剛剛說什麼？」

「我覺得很好啊。」我胡亂掰。

「就說妳沒在聽，我還聽到在打鍵盤的聲音。妳不要假裝了，說，到底跟那個不良少年去哪裡？」

「去『角落』義大利餐廳吃晚飯。」

「吃這麼好，他想做什麼？」

「唉唷，反正不是你想的那樣，他其實也是很需要朋友的。」

「妳又知道我在想什麼？又怎麼知道他需要朋友？就算他需要朋友，他爲什麼不來找我吃義大利麵。」

「你又沒有對他表示善意。」

「那這麼說來，妳有對他表示善意囉？」

「總之事情不是很複雜，不要多想，就這樣，我得先去洗澡睡覺了，好累喔。」

「我還沒問完……」李思源大叫。

「晚安晚安。」我趕緊切掉電話。

霽永的推特上傳了一張照片，拍的是他的手機，而文字寫著，「電話打不通。」

發文時間在三分鐘前。

心一驚，難道說的是我的電話嗎？

顧不得國際電話費驚人的費率，我趕緊撥了霽永的號碼。

電話接通後，每聲鈴響都考驗著我的心臟，期待他接起電話，卻又怕接通之後不知道要說什麼的尷尬。是不是不應該這麼衝動？

就在我打算切斷時，電話通了。霽永溫柔的聲音傳進耳裡，他用韓文說著，「喂？」

「晚安，我是筱青。」

本來有點忐忑的心情，在聽見霽永的聲音之後全都消失了，只剩下被平撫的心安，像被輕輕柔柔的風吹撫著的感覺。

「剛剛看了你的推特……」有點難以啓齒，萬一他說的不是我，不就很尷尬。

「嗯，妳電話打不通。」

眞的是打給我的，好感動。

於是我告訴霽永，剛剛是在跟同學討論事情，然後聊到他出道的狀況。他說最近每天都在上節目。電視節目、談話節目、遊戲節目還有廣播，每天行程都滿滿滿，回宿舍還要回覆歌迷的問題，有時候還要自己錄影錄音給粉絲。

「還好嗎？」很難忽略霽永聲音裡濃濃的疲倦。

「很好，市場反應還不錯。」

「不是，我是問你還好嗎？身體受得了嗎？」

「可以，妳不用擔心，期待這麼多年的事情變成現實，我連睡覺都在笑。」

和霽永聊了十幾分鐘後，掛掉電話，還握著手機發呆。我沒問過霽永我算什麼，普通朋友也會這樣通電話彼此鼓勵打氣的，不是嗎？

我是普通朋友，還是特別的人呢？

我一直想從霽永口中聽見答案，卻又不敢鼓起勇氣眞的去問答案。

只能這樣慢慢耗著，希望有一天答案會自然浮現出來。

「我很想你。」其實我想這麼對霽永說，但最後沒有說出口，不確定自己的身分是不是可以說出這樣的話。

就算想念，但人在遙遠的海洋那端，無法見面。

霽永也沒辦法和我視訊，能有時間說話已經是奢求了，怎麼能要求他這些呢？

不知道他會不會也想念我呢？想念在台灣的這個鄰居不知道有沒有認眞讀韓文。回想起來，我們相處的時間裡，都是他在給予，給我他的音樂，給我他的韓文，給我他的和煦和溫暖，而我無法想起來自己給了他什麼。

閉上眼睛，回想著和霽永相處的點點滴滴，哼起他寫的旋律，希望能製造到他就在身邊的假象。

爲了霽永，我得更努力才行。

看了霽永的推特，他簡單地道了晚安，我也在心裡向他說晚安。希望這聲晚安，可以跨越過距離，到他身邊。

拿出韓文課本攤開來，上面標註著的字句，有我的字跡，也有霽永的字跡。

現在擁有的這些，永遠都不會消失。

而將來會擁有些什麼，就得靠自己努力去創造。

這是霽永說的，我把它寫在自己的課本裡，每次翻閱，都是對自己的激勵。

我要把這樣無盡的想念，化成動力，有一天，希望可以光明正大地在霽永身邊陪著他。

霽永說過喜歡看滿天的星星，我們約定好以後要一起去看最美麗的星星。

啊！

腦中突然閃過一個念頭，我拿起皮包，頭也不回地往外衝。

如果可以，爲他編織小小的、可愛的夢，或許是我現在能做的事情吧。

30

忙了好幾個晚上，上課時猛打瞌睡，眼圈也變得和貓熊一樣黑漆漆，終於完成要送給霽永的禮物。

放學後，趁郵局關門前，把包裏以掛號寄出，單據上寄達地寫著韓國首爾。

拿著這張單據，突然好有成就感，回家路上的步伐也變得輕快起來。生平初次覺得只是付出也很幸福，原來眞正喜歡一個人的時候，可以不求回報地付出。

不知道幾天後可以到霽永手上呢？他拿到又會是什麼樣的表情呢？

好希望東西快點飛到韓國，送到他手上。

走往公車站牌的路上，我自己一個人看著收據傻笑著。

「自己一個人在這裡花痴笑什麼？」

聽到聲音，猛一回頭，看見了語不驚人死不休的李思源，他正掛著招牌的挑眉表情看著我。

「我做了禮物寄給霽永喔。」把手上的收據拿到李思源面前。

「那麼厲害，做了什麼？」李思源學電視上某廣告的奇怪語氣說著。

「祕密。」

「我才不想知道。」

「不想知道還問！」我看了一下四周。「今天怎麼沒跟你的神祕愛人范佳家一起出現呢？」

印象中，他們兩個人這陣子都黏在一起，感情如膠似漆突飛猛進。

「我們現在在冷靜期。」

「冷靜期？已經過了熱戀期了喔？」

「哪裡有熱戀過？」

「不是天天都膩在一起嗎？」

「這就是所謂的距離營造美感，沒有距離，自然就毫無美感了。」李思源說得好像自己對戀愛很老練的樣子。

「我還以爲你們會在一起耶。」

「根本沒有在一起的意思啊，我想要的愛情不是這樣的。」

「那你想要的愛情是怎麼樣？」

「就……」李思源難得語塞，「大概就是更自然一些的相處吧。」

「搞不懂，范佳家那麼喜歡你，你們明明也相處得很愉快，為什麼不在一起呢？」

「妳不要想得太簡單，愛情不是只有喜歡而已，還有更多其他的問題。」

「還有什麼問題？」如果喜歡不夠，那還要什麼？

「比如說……妳和那個韓國人，就絕對不可能的。」李思源看著我，小心翼翼地說出口。

我心裡震了一下，儘管知道這句話實在成分居多，還是難過地問：「為什麼？」

「雖然妳很喜歡他，他或許也有可能喜歡妳，我說的只是或許，更慘的是對方根本沒有喜歡妳，只是把妳當成來台灣交到的朋友……好吧，就算他真的喜歡妳，你們一個在台灣一個在韓國，他又是出道的明星，看過偶像劇的，都知道你們一定會被拆散的嘛，而且他接觸的世界那麼大，女明星多如牛毛，少女時代每個都那麼正，他怎麼可能會選擇跟一個距離遙遠，環境差異又那麼大的人在一起呢？」李思源講話的語氣很溫柔，可能是不想讓我太難過。

我沒有回答，無法用任何字眼來辯駁。

因為心裡清楚他說的每個字都是事實，只是我不想承認。

每個人心裡都可以有個夢想，當然也會編造浪漫美麗的愛情。

懷抱著這種美麗的夢繼續活下去，也不是什麼困難的事情，或許有一天我會看開，或許有一天我們眞的會在一起，或許世界末日來臨我們都要死。有太多的可能會發生，與其想著痛苦的事情，不如想著快樂的事情吧。

「我也知道距離遙遠，我也知道我們差異太大，但是我眞的很喜歡他。」總覺得如果連我自己也不相信自己，和霽永就眞的不會有希望了。「謝謝你的關心，但我相信不管最後如何，我一定會很慶幸自己曾經這麼喜歡過一個人。」

「大家朋友一場，我也不願意看妳受傷，我總覺得韓國人不能相信啊。」李思源搖搖頭。

「沒關係啦，就算受傷了，你再幫我擦藥好了。」嘴巴上這麼說，但心裡有點不開心，韓國人又如何？台灣人也有壞得要命的，亂歧視別人好嗎？

「我哪裡有那種空閒時間幫妳療傷？我很忙的，一堆妹巴在我大腿上，甩都甩不開呢，下次妳看見了，幫我踢開幾個。」

「妳和范佳家眞的沒有了喔？」我趕緊轉移話題，「她不是很喜歡你嗎？」

「再喜歡又怎麼樣，當對方擺明了喜歡別人的時候，還不是只能放棄。」

這句話意思是？

我瞪大眼睛看著李思源，「哇！所以你有喜歡的人喔？怎麼都不說？」

「說出來也沒有用，妳也不能幫忙。」

「不一定啊，快告訴我。」

「才不要。」李思源突然轉頭看著馬路，「啊，妳的公車跑掉了。」

我跟著轉頭，果然看見自己要搭的公車從眼前絕塵而去。「啊！你怎麼不說，這班公車很難等耶。」

「我只比妳早一秒看見，要等公車的是妳自己，還不好好注意。」李思源拍著肚皮，「既然公車跑了，不如去吃飯吧，肚子有點餓。」

說到這個，的確是有點餓沒錯。「好吧。」

前往覓食的路上，李思源倒是把范佳家的事情簡略交代了一下。他其實曾經被范佳家感動過，也想過或許應該回應女生這份感情。

「感動歸感動，雖然心裡很感謝對方這麼喜歡我，但我就是沒辦法和她在一起，不論她爲我做什麼、對我多好，終歸都只能說謝謝，無法再給予什麼，長久下來，對方肯定會對於我的不回應很不滿意。」李思源邊啃著大熱狗邊說：「一直給予的人很辛苦，但接受的人也不見得心裡輕鬆。因爲我知道佳家期待我給她承諾，希望我眞的能說出喜歡她，請她當我女朋友這樣的話，但我說不出口，我能做的就是維持目前的朋友關係，但這樣又顯得我很自私，只想享受對方對我的好，卻無法回報。感情的事情，怎麼能用回報的？應該要發自內心喜歡吧，佳家有一天發脾氣，問我她算什麼，我回答『朋友』，所以她生氣了，覺得我在利用她。而事實上，我所能給予的，就眞的只是朋友之間的喜歡，再多我也沒辦法了。」

「這樣……眞的很無奈。」聽著聽著，我都難過起來了。

是啊，單純地喜歡一個人是很難的事情，很難不去期待對方回應自己，很難只是保持朋友之間的友好關係，很難不希望對方也一樣喜歡自己……

談戀愛，有好多太難的事情。

連彼此高中同學的范佳家和李思源，都不能夠單純地談戀愛，那身爲偶像的霽永和我之間呢？怕只是一場更不可能實現的夢吧。

我總覺得自己好矛盾，我想要相信自己，卻又隱隱覺得不可能。

如果能有一個承諾就好，如果能有霽永的承諾，或許我就能夠支持下去，能夠懷抱著這樣美麗的夢想，在海洋的這端，繼續喜歡他。

突然明白了范佳家的心情。

那是我們對於愛情的期待跟夢想，只要幾個字就可以安心下來的魔法。

「我喜歡妳」。

什麼時候才能等到呢？

和李思源吃完飯回家的途中，坐在公車上翻出收據反覆看著，不斷思索著這個問題。我可以一直付出，而不去期待回應嗎？

在毫無承諾的狀況下，能喜歡霽永多久呢？

31

這幾天的生活，彷彿回應了我自己的問題一般。

霽永沒有更新推特，也沒有來電。我打過一次他的電話，沒有回應，當然更無從得知他有沒有收到禮物。我開始擔心他留給我的地址是公司地址，東西寄到公司，被壞心的助理丟到儲藏室去不見天日了。

應該是韓劇看太多了，總是幻想愛情要經過很多人的刻意破壞，才顯得彌足珍貴。心裡愈來愈不踏實，有一點開始恐懼，李思源那些話慢慢地滲進意識裡。懷疑的種子被播下之後，不需要養分，也會逐漸茁壯。

不斷告訴自己要相信，卻無法相信自己眞的會相信。

又經過一夜不安穩的睡眠，頭腦混亂地到了學校。

走到自己座位上，驚訝地看見桌上有尺。不是一把，是很多很多，堆滿整張桌面，散亂地疊成一座小山。

不用想，也知道是哪個幼稚鬼做的。我看向旁邊，陳伯父依照慣例趴在桌上睡覺。

拿起桌上的尺，我小心翼翼地排在陳伯父沒佔據到的桌面上，等下他醒過來，肯定會嚇一跳。

正排得開心時，陳伯父突然幽幽地開口，「柳小姐……」

「早安啊，陳伯父。」我拿著尺，有禮貌地問候這位睡覺的同學。

「我警告過妳不要叫我伯父。」

「不然呢？你要折斷我的尺嗎？」我微笑地問他。

「妳！我不是買來還妳了嗎？」陳伯符認真地坐起身來，指著我滿桌的尺。

「可是這裡面沒有原來壞掉的那把。」

「就用這些會怎麼樣？這裡那麼多尺，難道沒有喜歡的嗎？」看得出來他努力在壓抑，克制脾氣爆發。

「這些又沒有回憶。」激怒他真的很好玩，陳伯符真的很像小孩子，超幼稚的。

「妳可以用，用了就有回憶！」

「我不要。」

「妳怎麼什麼都不要啊？」陳伯符終於忍不住，站起來拍著桌子大吼。

班上同學全都轉頭看著他，他也氣沖沖地問大家，「看什麼看？」

我忍不住笑出來，「好啦，不要生氣，我挑一把用，剩下的，你拿回去和店家換別的東西。」

「不要！」陳伯符顯然在氣頭上。

「不拿去換其他東西，這麼多尺要用到什麼時候？發票給我。」

「哪有這種東西？」

「沒發票要怎麼換？」

「妳今天放學跟我去換，看妳要什麼。」陳伯符使用小學生吵架的手段，雖然正在跟我說話，但轉過頭不看我。

「我不要……」

「又不要！」陳伯符怒氣沖沖地轉過頭，卻對上我的笑臉。

「開玩笑的。」我笑笑地拍拍他的頭。「伯父乖喔，放學去換吧。」

陳伯符撥開我的手。「哼。」

收拾好滿桌幾十把的尺，一整天的課程也開始了。說也奇怪，被陳伯符幼稚的行為這麼一鬧，心情好像變得比較不那麼鬱悶。

但他上課睡覺的行為依然沒有好轉的跡象，到底晚上都在做些什麼啊，白天那麼睏。

上完早上四堂課，陳伯符好像重新活起來那樣恢復精神。我看他抬起頭，問他，「你為什麼白天一直睡個不停？」

「晚上太累了啊。」

「晚上為什麼會太累？」

「妳想知道嗎？」陳伯符咧開嘴笑，笑容很邪惡。「妳適合知道這些嗎？」

「不要說，我不想知道了。」不管答案是什麼，從陳伯符嘴巴裡講出來，一定不會太正常。

「不想知道就算了。」陳伯符站起身，抓著我。「走吧，去吃飯。」

「爲什麼？」

「中午了，當然要吃飯啊。」

「不是，我問的是我爲什麼要跟你去吃飯？」

「妳是我的朋友啊。」

「也是。」我自己說要當他的朋友，朋友之間當然可以一起去吃飯，但總覺得哪裡怪怪的。

和李思源也常去吃飯，怎麼就沒有這種怪異的感覺呢？

四處張望，尋找李思源。這大忙人，又不知道跑到哪裡去了。

被陳伯符拖著走了一小段路，覺得很丟臉，我無奈地開口，「我自己走可以嗎？」

「我怕妳亂跑。」

「我是可以跑到哪裡去？我跑得有你快嗎？」

「好吧。」陳伯符想一想，放開手，「那妳走我前面。」

「不要。」

「爲什麼又不要？」

「我又不知道你要去哪裡吃飯，叫我走前面，是要走去哪裡？」

「義、大、利、麵。」陳伯符瞪大眼睛。

「你只知道這個吃飯的地方嗎？」我嘆氣。

「對。」

我本來對陳伯符可以自由進出校園不受控制的行爲感到非常訝異，後來才知道，原來他老爹是我們學校的家長會會長，有特權的啊，難怪不受控制。

「今天不可以點整桌菜喔，要在上課二十分鐘前回教室。」

陳伯符看了看錶。「這樣哪裡夠時間吃？」

「我一定要上課，上次你害我蹺課……」

「好了，別再提這件事！」陳伯符講完，轉了個方向，往學校合作社走。「隨便吃，晚上再去好了。」

「你爲什麼一定要去那家店？」

「妳對我的事情有興趣嗎？」陳伯符又咧開嘴笑。

「沒有興趣，那個問題你可以不用回答。」

兩個人走到賣餐卷的機器前停下腳步，陳伯符皺著眉頭，看機器上的圖片，「有什麼東西可以吃？」

「榨菜肉絲麵，很好吃喔。」我手腳俐落地投幣。

「我不吃那種東西。」

「那還有咖哩飯。」

「那顏色很恐怖。」

「聽李思源說排骨飯也很不錯。」

「我不想啃骨頭。」

「水餃？」

「誰知道那裡面包什麼。」

「你餓死好了。」我轉頭走進合作社，懶得再理陳伯符。

「妳不是我的朋友嗎？給點建議會死喔。」

「朋友也是有耐性的。」

「好啦好啦！」陳伯符投下硬幣，不知道亂按了什麼。

後來他拿著一碗魯肉飯加滷蛋，和我坐在我平常會去的樹下一起吃。

「好吃嗎？」我問他。

「難吃死了。」

「你好難相處。」

「妳才難相處。」

講完這句話，我們兩個人對看，然後突然笑出來。

原來人和人之間一直吵架也可以變成朋友。

「不相信妳吃吃看。」陳伯符把魯肉飯遞過來，我小心翼翼地挖了一口他沒碰到的那部分塞進嘴裡。

「眞的很難吃。」

「妳看吧，我沒騙妳。」陳伯符氣呼呼地邊吃邊說。「以後不聽妳的建議了！」

「可是榨菜肉絲麵很好吃。」

「分我吃吃看。」陳伯符作勢要挾麵。

「我不要。」

「媽的，又不要！」

「喂，你爲什麼罵髒話？」

中午吃飯時間，就在這種吵吵鬧鬧的氣氛下度過了，託陳伯父的福，沒有空讓那些烏煙瘴氣的心情繼續蔓延下去。

放學時間，教室裡人聲鼎沸，有些人要準備去補習，有些人去社團活動，有些人要回家，有些人相約去吃飯……

當高中生的日子只剩下沒多久了，要珍惜這種爲了共同目標拚得焦頭爛額的時光。每次讀書讀到很難過的時候，就會想起霽永對我說的話，能夠專心讀書是一件幸福的事情。所以累的時候我會聽音樂，站起身來運動一陣子，接著繼續回到書本裡。

除了本來應該複習的課程之外，我也不想放棄韓文，所以我會抽出時間讀韓文，但很奇怪，念韓文的時間對我來說反而沒有那麼累。

霽永，眞的很多天沒聯絡了，不知道他是不是發生什麼事？希望他純粹是因爲太忙而沒有消息、沒有和我聯絡，不要是發生其他事情，俗話說：「No news is good news.」

應該要把他的無消無息當作成功的象徵，因爲出道大受歡迎所以沒有時間。之前看《穿著Prada的惡魔》，裡面有句台詞說：「你的私人生活危在旦夕，是工作順利的代價。」所以現在霽永應該是工作順利吧。

雖然爲霽永的事情困擾了幾天，但今天中午和陳伯符這麼笑著鬧著，腦海裡靈光一閃，就茅塞頓開。

不管如何，我們現在都只是朋友，朋友不能常常聯絡也是很平常的事，不能用男朋友的標準看待霽永，他不是我一個人的。

下午上課時，陳伯符沒有睡覺，我傳紙條給他，問他爲什麼不睡，他竟然回答因爲被我害得吃了碗超難吃滷肉飯，噁心到睡不著。

後來我就不回傳給他了，眞是生氣。

陳伯符沒睡覺時，上課倒是挺認眞的。雖然沒看到他抄筆記，但幾次轉頭看見他的表情都很專注，應該也是屬於聰明的人。

聰明的人眞好，像李思源，也是回家不太需要花大把時間複習，就能夠考得很好。

說到他，今天看起來精神不是很好，放學一下子沒注意到，又跑得不見人影了。這傢伙最近怪怪的。

和范佳家的事情也不知道是眞是假，神神祕祕的，改天一定要好好逼問。

「到底整理好了沒？」陳伯符坐在他桌子上蹺腳。

「好了好了。」把回家要複習的課本放進書包，整個很重。

「帶那麼多書做什麼？」

「回家要複習。」

「這麼認眞？」

「我又不像你寫考卷只需要五分鐘，還可以考一百，我寫每張考卷都必須很認眞，還都會有錯。」

「妳的確看起來不太聰明的樣子。」陳伯符講得一副理所當然的樣子。

「謝謝你的賞識喔。」我故意講話酸溜溜的。

「不然妳和我回家怎麼樣？我有家教，可以順便一起教妳。」

「我不要。」

「這種事情幹麼耍脾氣，我的家教很優秀，人也很好，不會讓妳付錢的啦，放心吧。」

「我不是在耍脾氣，那畢竟是你家，你的家教……」是啊，而且我去他家用他的家教，這樣成何體統？萬一被我爸媽知道，不是很怪嗎？他們一定會說家裡又不是請不起家教，幹麼去別人家。

說到爸媽，他們叫我這星期六回家吃飯，因爲很久沒有大家一起吃頓飯了。想想也是，開學以來，我都沒有回家過，所以我答應了他們。

「喂喂喂！有沒有在聽？」

「啊！」回過神來，發現陳伯符臉就在距我不到十五公分的地方，我嚇得後退一步。

「什麼？」

「我說妳沒有專心聽我講話，很不尊重我啊。」

「不好意思，我想到這星期要回家和爸媽吃飯。」

「那你要不要來我家？」

「不要比較好。」

「我家沒有其他人，平常只有我和管家，星期一三五有家教會來，一個人在家很無趣。」陳伯符講起來輕鬆，但隱約感覺得出來他有點寂寞。

獨生子女眞的就是這麼孤獨，父母都不在時，我們就是只有自己。

這麼多年來，我也常面對著一室黑暗獨自入睡。

有股衝動想答應陳伯符，但只是一瞬間，後來想想還是回家自己複習吧，我的程度肯定會跟不上他們教課速度，反而拖累別人也不好。

「來嗎？」

「不要。」

「算了，隨便妳。」陳伯符好像有點不開心。「要走了沒？」

「走吧走吧。」

「肚子餓了，先吃飯。」

「又要吃飯？不先去換東西嗎？」

「那家店很遠，還是先吃飯好了。」陳伯符不理會旁人的眼光，吹著口哨往校門口走。跟在他旁邊，我覺得有些無地自容，於是放慢腳步，在他身後約三步的地方走著。

「妳爲什麼要離我那麼遠？」陳伯符停下腳步，回頭看我。

「我……」總不能說是因爲丟臉吧。「我……走得慢。」

「喔，抱歉，我會注意。」

抱歉，我有沒有聽錯？抱歉？這句話是從陳伯符口中說出來的嗎？

陳伯符的眼神往下移到我的書包上，接著一把搶過書包，「這也太重了，妳回家眞的都會念嗎？」

「不用了，我自己拿。」

「我幫妳拿，妳可以走快一點，我眞的好餓。」陳伯符嘴上這麼說，但拿著兩個書包的他還是刻意放慢腳步，這下子換我不好意思了。

雖然他說話不饒人，行爲又幼稚到像小學生，實際上心地還滿善良的。

人都有很多不同的面相，端看自己所接受到的是什麼樣的訊息，如果我當時因爲陳伯符的態度，就決定不要和他接觸，今天也不會多一個朋友。

每個人其實都很脆弱，沒有表現出來，並不是因爲堅強，而是因爲沒有人看得見內心。

順利地換到其他文具，帶了一大包戰利品回家。陳伯符堅持那是他要賠罪的禮物，所以把所有換到的東西通通送給我。

「是我折斷的，理當我來賠。」

「但你只折斷一支，沒必要買這麼多。」

「不是說那支很重要？」陳伯符抬高下巴。

「的確很重要啊，但就算買一百支新的給我，舊的還是折斷了啊，這一點關聯都沒有。」那些回憶不會因爲尺折斷了而消失，只是不能用來創造新的回憶，還是覺得有點可惜。

「妳很囉唆。」

和陳伯符相處的時間一長，發現雖然他講話乍聽之下很不友善，但很多時候那只是假象，其實他沒那麼想，只是不曉得該說什麼。和有些人用微笑來掩飾尷尬是一樣的。

每個人其實都不是表面上的樣子，只是要看有沒有人能發現他的內在。

或許有很多人因爲這樣的表面印象而錯過了彼此，以前李思源說過，我給人的第一印象就是很冷漠，不太愛理人，總是默默地做自己的事情。

我想過為什麼自己給人這樣的印象。我不是冷漠，而是害怕，也因為真的很不喜歡人多的場合，不知道面對人群應該怎麼表現比較恰當，所以總是退縮，總以為只要退到最角落不被人發現的地方，就可以安心了。

換完文具，我和陳伯符去牽他的機車，可是我不想讓他載，他就說要牽著機車陪我散步。

「你可以陪我走去站牌再回去牽機車。」

「同樣的路我不想走這麼多次，很煩。」

「那你不要陪我走啊。」

「沒有讓女生自己走的道理。」

「又沒有多遠。」

「對我來說已經夠遠了。」

不知道為什麼，最近我變得很愛跟陳伯符唱反調，總覺得看他一副想生氣又不想生氣的表情，真的很好笑。

他和李思源很不同，李思源講話有時很機車，經常但基本上都是他在刺激我，但我和陳伯符相處反倒是我有意無意激怒他，感覺很微妙。

應該有很多人以為陳伯符很難相處，不過我覺得和他相處很自在，講話也不需要思考，不需要顧慮到對方會不會生氣。之前和范佳家一聊天時，她丟過來的問題，我都得想一下才能回答，好像說錯話就會被記恨的感覺。

所以有時候覺得和女生相處很累，我不知道對方說的是眞心話還是客套話。之前有個女生對我說她最近覺得自己變胖了，褲子都好緊，我那時候很認眞地看著她，然後回答，「嗯，眞的好像變胖了，妳該運動囉。」那個女生當下只是笑一笑沒有說什麼，後來我才發現，她到處跟人家說我故意說她胖，讓她很難堪。

後來我才知道標準答案應該是，「妳那麼瘦，哪裡變胖了呢？」這才是女生之間聊天應該要有的基本常識跟技巧。

「明天我生日耶。」陳伯符突然冒出來這句話。

「生日快樂。」我順口回答。

「謝謝。」他先是道了謝，後來又補一句，「妳可以到我家吃飯嗎？」

「爲什麼？」

「很久沒有人幫我過生日，明天我希望有朋友來家裡幫我慶生。」

「那還找了誰？」

「沒有。」

「爲什麼？」我問完這句，不知道爲什麼有點後悔。

陳伯符先是停下腳步看著地面，接著他想了很久，慢慢地說：「我好像也沒有其他朋友。」

聽見這句話，突然有種「同是天涯淪落人」的感覺，因爲家裡沒有幫孩子慶祝生日的習慣，所以這麼多年來，也習慣生日時只有媽媽會祝我生日快樂。高中後，多了個李思源。大概就這樣。

一個人的孤獨，我是可以體會的。

「明天再說吧。」我要搭的公車這時候來了，陳伯符好像還想說點什麼，我卻匆促地揮揮手向他道別。

搭上公車，往窗外看，陳伯符拿出安全帽跨上機車，迴轉往反方向離開。

突然覺得他的背影很孤單，應該多陪他說幾句話的。

孤獨是一種沒辦法用言語形容的感覺，有些時候，即便在很多很多人的場合裡，還是會覺得孤獨。有些時候，雖然一個人，卻不覺得孤獨。

近來，想起霽永，我就會聽他的音樂。有他的音樂陪伴著我，那些相處的時光會慢慢浮現出來。每天照鏡子時，看見耳朵上的那一抹紅色，會想起霽永溫暖的微笑。

不曉得他看著鏡子裡的自己時，會不會也有幾秒鐘想到我呢？

回到家，放下東西之後，還是習慣性地打開電腦。已經有很多天都沒有霽永的消息了，二十四小時都開機的手機也沒有霽永的來電……

我好怕自己除了從霽永的身邊消失之外，也要從他的生活裡消失了，見不到面，也聽不到聲音。

雖然有點害怕，還是打開推特察看。

映入眼簾的照片，竟然是我給霽永寄過去的禮物！

我摀住嘴，看著畫面上自己縫到睡眠不足滿手是傷的那匹布簾。

那幾個夜晚，把一個又一個發光的大小星星先串好，再縫到輕柔如絲的蕾絲布料上，吊掛在黑暗裡，那些輕柔跳動著的星星在發亮，眼前彷彿就有滿天的星星般，迷幻而美麗。

好神奇，沒幾天時間，這些星星就跨越過那麼遠的距離，去到霽永的身邊。

「My gift.」霽永只寫了這兩個字，後面加上了微笑符號。

只是兩個字，就讓我暖到心裡去，前些天的疑惑和不安，全都消失在這張照片和那個微笑的符號裡。

34

隔天，我的心情非常好，好到連久違的太陽都打敗寒流出來打招呼。

一直忍不住帶著微笑，連經過的路人我都覺得他們好友善好可愛。

到了學校走進教室，陳伯符依照慣例趴在桌上睡覺，李思源則是一個人坐在座位上，我走到他座位旁，「出來談談。」

李思源抬起頭，「談什麼？」

雖然教室裡還是有人在講話，不過，清靜的早晨，大部分的人還是在念書或補眠，我硬拉著李思源往外走。

「怎麼了？」李思源不明所以地跟著我走到一樓操場。

「你昨天去哪裡？」

「妳自己又去哪裡？」李思源語氣有點衝。

我疑惑地看著他，「我和陳伯符去換東西。」

「是啊，妳自己忘記朋友的事情，還敢來問我去哪裡嗎？」

「我忘記？」我指著自己，然後腦中閃過行事曆上的事項。「啊！」優秀的李思源除了功課好之外，其實還擁有特別的國樂技能。他從小就學習笛子到現在，昨天是李思源參加的國樂團的音樂發表會，之前就和他說好了要去參加的！

「對不起……」

「下課時本來還想再提醒妳一次，但很趕時間，我就先離開了，沒想到打妳電話也不接，開場前也沒看見妳，散場後也沒有……」

「對不起。」我雙掌合十，誠心誠意地道歉。

我自己很討厭別人沒遵守約定，想不到今天也成了這樣的人。

「能說什麼呢？原來跟我的約定比不上和陳伯符一起去買東西。」李思源轉過頭，語氣很冷，眞的很少看見他生氣。

「對不起……我眞的是忘記了。」

「所以說，約定算什麼呢？會忘記，表示妳根本沒有把跟我約好的事情放心上。」

「不要這樣啦。」

「沒關係，反正音樂會也不是我獨奏，團體一起的演奏，不是很重要，一年才一次，也不是很重要，下次再看好了。只是，下次大家都畢業了不知道會不會又忘記和朋友約好的事情。」

「眞的對不起。」除了這句話，我眞的不知道要說什麼，還好今天有找李思源談，不然他因爲我爽約而不開心，我又一直不記得，這不是很糟糕嗎？

「我也眞的很生氣。」李思源難得發怒。「爲什麼和朋友約好的事，可以輕易忘記呢？」

「唉唷，你可以約范佳家啊，她絕對不會忘記。」我打哈哈，想要開玩笑緩和現在僵硬又彆扭的場面，李思源很少生氣，我眞的不知道要怎麼處理。

想不到，李思源聽了這句話之後，突然轉過頭正面對著我，看著我的眼睛，語氣異常冷冽地問：「在妳心裡，我這個朋友可有可無嗎？爲什麼這時候了還講這種話，我最近很多事情妳不清楚，隨便講這種話，妳以爲我會陪著妳哈哈笑嗎？」

我不敢回話，怕場面一弄會更難看。

「不然你要她怎麼樣？忘記了就忘記了，音樂會很了不起嗎？爲了一場音樂會就對女生這樣發脾氣，又算什麼？」旁邊突然出現慵懶的聲音。

我和李思源同時轉頭，看見陳伯符手插在口袋裡，站在離我們幾步外的地方。

「不干你的事吧。」李思源勾起一邊嘴角笑。

「昨天她是因爲和我出去，才忘記你的事，應該跟我有關係吧。」陳伯符也笑了。

這兩個人雖然都笑了，但不知道爲什麼我看了覺得很不對勁。

「對不起，是我不好，下次我一定不會忘記。」我非常認眞地對李思源說，但他現在眼睛直盯著陳伯符。

「不重要的事情，當然不需要記得。」陳伯符今天是吃了檸檬嗎？講話語氣怎麼這麼酸？

這下子，李思源不說話，他走上前，直接揮了陳伯符一拳。

看見這場面，我在旁邊突然呆住，李思源平常不是這麼火爆的人。

往前一步，想要對他們說什麼，卻被李思源一把推開，「妳別管。」

就在我發愣的這幾秒鐘，兩個男生已經互相飽以老拳，扭打在一起。

旁邊在操場上運動的、玩鬧的學生們看見這種情形，開始鼓譟起來，拍手的拍手，鼓掌的鼓掌，愛打小報告的，自然往教官室去。

我應該是要勸架的，畢竟引起他們打架的原因是我，但我無法反應，而旁人已經開始架開他們兩個了。只見他們臉上都掛了彩，還在氣喘吁吁，兩個人都沒有說話，惡狠狠地瞪著對方。

認識李思源的這幾年，他人一直很好、很溫和，也曾經發生過很多令人生氣的事情，他都很少動怒，連和人互相爭吵的次數都很少，頂多講話刻薄一點而已，這是我第一次看見他動粗。

教官從遠處跑過來，看見已經冷靜下來的場面，沒有多說，問了誰打架之後，就領著他們兩個往教官室去。

因爲我是事主，自然也跟著他們兩個人去。

到了教官室，無論教官怎麼問，這兩個男人就像蚌殼一樣，嘴閉得死緊，連句話也不肯回答。教官都說要記過了，他們還是強硬得不肯說話。

教官後來問我，我也講不出個所以然，最後兩個人名被記了一支警告，通知家長。

走出教官室，看他們一個嘴角流血一個流鼻血，我問他們要不要去保健室擦個藥，也沒人理我。

陳伯符往操場方向走去，我想他可能要翻牆出去了。

而李思源，則是靜靜地往教室方向前進。

我沒有選擇，只得跟著李思源回教室。

回到教室，已經開始上課了，班上同學看見我們走進來，有一點驚訝，特別是李思源臉上還帶著傷。

國文老師沒多問什麼，叫我們快點回座位坐下。

坐下之後，我看著旁邊的空座位和李思源的背影，突然覺得自己好糟糕，要是我記得昨天和李思源約好的事情，一切就都不會發生。

霽永給的好心情，頓時消失無蹤。

下課時，我試圖要找李思源說話，但他不理我，向班長說他要請假，然後背起書包轉頭就走了。

「李思源……」我一路跟著他往外走，快到校門口時，我拉住他，「幹麼這樣？」

他停下腳步看著我，「怎麼樣？」

「我知道我錯在先，但是你不需要生這麼大的氣，還打人。」

李思源張開嘴，略微抬高下巴，好像想要說些什麼，最後還是嘆了一口氣，接著說：「有些事情妳可以不必懂，有時候不知道反而幸福，但我怕的是，妳就算懂了，也來不及了。」

「什麼意思？」

「我……第一次覺得當妳的朋友很累。」他看著我，緩緩說出這句話。

接著，他轉身，步伐沉重地離開。

看著他愈走愈遠的身影，我心裡很難過，陽光悄悄地消失了，風開始變得有些冷。

35

好不容易挨到放學，收好書包之後我慢慢往外走，今天已經太多人跑來關心打架的事情，每個人都問我，「他們爲什麼打架」、「是因爲妳嗎」、「妳喜歡誰」……

問題太多，而眞心太少。

大部分的人都只是想打聽八卦，然後好去大肆宣揚，中午吃飯時，我已經聽到幾個不同的版本，但大部分都說我劈腿被兩方發現了，所以他們打起架來，大家都認爲那個劈腿的人才該受處罰。

問題是我根本什麼都不清楚。

李思源要離開之前的話還在腦海裡，我卻怎麼也想不出爲什麼他要這麼說。

中午休息時間除了應付潮水般的問題，還被叫去訓導處喝茶聊天。主任不是很嚴厲，語氣溫和地訓誡了一番，整天這樣疲勞轟炸下來，放學時，我腦裡轟隆隆響，身邊的聲音聽起來都好嘈雜。

快步走向公車站，生平第一次，公車如我願地很快就出現在眼前。

好不容易回到家，把自己扔在床上，這才閉上眼睛，讓思緒暫時空白。

今天發生的事情好像不太眞實的記憶，連我自己到現在都還理不出頭緒，不知道爲什麼李思源要先動手。如果他眞要動手，也應該是衝著我來，爽約的人是我，不是陳伯符啊，爲什麼要打他？

這兩個人打完架屁股拍拍就走了，留下我一個人在學校面對那些，也眞的是太不負責任了。

躺在床上，拿遙控器打開音響電源，沒多久，霽永的音樂在小小的房間裡輕快地流瀉，跳動的音符和旋律開始慢慢驅逐掉我腦海裡那些無用的聲音。

好累啊，今天。

聽著音樂，不知不覺中竟然昏睡過去。

再醒來，是因爲鈴聲大作的手機。

我掙扎著拿起手機，「喂。」

「在睡覺？」

「對啊。」這聲音是誰？「你是……」

「陳伯符，妳……」他講完「妳」之後就停住了。

「我什麼？」

「昨天我不是問過妳……」

「昨天你問我什麼？」

「妳眞的假的？記憶力很差耶，難怪讀書都記不住。」

明知道陳伯符講話就是這樣，但在經過這整天的事情之後，聽到這句話，我實在無法一笑置之，「我就是記憶力很差，才會整天被同學和教官抓去問早上事情的經過卻什麼也沒說，我記不起來你們爲什麼打架，我記不起來誰先動手，我因爲什麼也記不起來，所以教官最後讓我先回教室，同學們也懶得再問我。你們倒好了，打完架，兩個人都跑掉，沒想過留下來的人會被怎麼對待嗎？」

講到後來我哭了，一整天累得要命，是誰害的？

陳伯符沉默了很久，手機裡只傳來他的呼吸聲，幾分鐘後他才說：「爲什麼生氣？」

爲什麼生氣？我也不清楚，難道不應該生氣嗎？雖說一切事情的源頭是因爲我爽約，但演變到打架是我的錯嗎？需要由我來承擔嗎？

「我不想說了，晚安。」講完，我掛掉電話。

後來儘管手機不斷響起，我卻放任它獨自震動。

今天的事情，我是再也不想提起了。

打開電腦時，不知怎麼，突然想起昨天陳伯符說今天是他生日，原來他剛剛想說的是這個。

就算生日，自己在學校被記過了，還會有心情慶祝嗎？

開始壞心地想，反正他都一個人那麼久了，應該也習慣自己過生日了。就像我，沒人幫我過生日，還不是好好地活到現在，以前還有男朋友時，過生日也不過就多張卡片。

看看時鐘，快八點了，還是念書吧，反正都醒了。

書架上放滿整排參考書，從高一到高三，還有各式各樣的考前總複習，看了更疲倦。最後我選了韓文課本。語文這種東西，沒有人可以互相練習，好像眞的會比較無趣。

當初每天試著用簡單的字句和霽永對話，感覺自己進步得很快。他一離開，我悶著頭自己一直念，效果好像不是很好。

心煩意亂，我決定在網路上亂買東西發洩一下。有時候心情不好，買點可愛的衣服、飾品或文具，心情就會比較好。

連上網路，還是忍不住看了霽永的推特。最近我也會更新自己的推特，但因爲霽永身分特殊，所以沒回應他上傳禮物照片那篇，也不敢提到自己認識他的事情，總覺得這會造成他的困擾。

霽永最新的更新是昨天晚上，不，正確地說應該是今天凌晨三點左右，那個時間他竟然還沒睡覺。

照片裡有張樂譜，但上面寫的不是音符，而是一大堆的母音、子音和簡單的單字，一個一個在紙上飛舞著。

文字這麼寫，「I miss the days with those words.」

我笑了，當初他教我韓文時，會在空白五線譜上示範正確的寫法，拯救我鬼畫符般的韓文，當時我還抱怨韓文老是圈圈、正方形、還有東撇西撇，沒有畫圖天分的人不就注定寫不好？

他當時說那一點也不難，隨手就在紙上寫給我看，眞的可以寫得很可愛，不過我覺得那是因爲他是韓國人的關係，但他寫漢字也很整齊。

那時候我，就說自己應該要練習畫畫，而不是寫字。

想起這些過去，雖然是不久之前的事，卻覺得已經很遙遠。

邊覺得心頭暖暖的，邊往下看回應。回應第一篇也是他自己回的，裡面寫，「and you.」

看見這個，我手停在滑鼠上突然動不了。

回頭看照片，再看字，和回應連起來，是暗示他在……想我嗎？

是這樣的嗎？我可以這麼認爲嗎？

顫抖著手拿起手機，按下霽永的每一個號碼，這些號碼電話都被我牢牢記在腦海裡，即便常常轉頭就忘記事情，還是下意識地記下了這串號碼。

接通之後，突然驚覺到自己不知道該怎麼問，難道要問他，「你想我嗎？」

有種想掛掉電話的衝動，卻還是緊握著手機。

電話響了很久沒有回應，最後轉進語音信箱。

放下手機，有種失落又放鬆的感覺。看著螢幕，在自己的推特上寫著，「就讓我把這句話當成是寫給我的，暗自開心一下吧。」

關掉電腦，好像又有了念書的動力。現在不想管李思源和陳伯符的事情，就讓自己暫時活在只有霽永的世界裡，聽著他的音樂，看著他的照片，想著他給我的微笑和那些美好的記憶。

而烏煙瘴氣的校園生活，明天再去面對吧。

36

因爲心情煩悶，讀韓文毫無進度，隨手拿了自己最喜歡的英文來複習，或許英文可以幫我找回一些想念書的感覺。

晚上電話響個不停，十通有九通是陳伯符鍥而不捨地每隔幾分鐘一次的來電。後來發現有一通未接來電是爸爸打來的，我回撥，他先是問我近況，後來說他最近發現可以賺大錢的生意，所以他要去巴西或阿根廷先看看投資環境如何，如果可以，就要過去大規模設廠，到時候大家都要一起搬過去。

本來想告訴他我不要去，但後來一想，爸爸最近幾年的賺錢計畫常常都是雷聲大雨點小，剛開始做得很像樣，但最後總是無疾而終，這次或許也會是這樣，於是含糊地敷衍他，說我會幫忙查一下資料。

接著說起這星期回家吃飯的事情，他說已經訂好餐廳，下午會過來接我回去。

「餐廳？」爸爸不是一向最節儉，每餐都要在家裡吃的嗎？

「對啊，在中港路那邊。反正我會去接妳，妳不要忘記。」

說完，我還挺疑惑的，是什麼大事？難道爸爸突然轉性，變得喜歡在外面吃飯了？不太專心地複習完功課，晚上十一點熄燈爬上床，因為很累，我立刻就昏睡過去。睡到正熟，電話再度響起，又被吵醒的我這時候真的生氣了，陳伯符到底在做什麼？為什麼還不肯放過我？

電話一接起來我就說：「你到底知不知道現在幾點了？」

「筱青？」這嗓音？

「霽永？」我從床上彈起來，抓起眼鏡戴上，時間顯示著半夜三點。

「對不起，妳在睡覺還吵妳。」

「沒關係，怎麼了？」

「妳今天打過電話給我，知道妳一定睡了，還是忍不住想回電，聽聽妳的聲音。」

就算他沒有眞的喜歡我，聽見這句話，也足以讓我對他死心塌地。

「你怎麼還不休息？」

「剛回到宿舍。」霽永打了個哈欠，「對了，還要謝謝妳的禮物。」

「喜歡嗎？」

「很喜歡。」

「呃……」突然想起今天那句話，要不要問清楚呢？「那個……」

「什麼？」

想著想著，我臉頰開始發熱，「我今天看見你的推特……」

「喔！」霽永的反應很俏皮，「所以，妳有話想問我嗎？」

我能想像他拿著手機微笑的樣子，很想問他，話到嘴邊又不好意思，「那個……我是想說……」

「想問我想念的人是不是妳嗎？」霽永的聲音眞的具有安撫人的力量，他應該去生命線那種機構工作才對，這樣，每個打電話進來的人，聽見他的聲音都會覺得心情好平靜，生命很美好。

「嗯。」只是簡單的一個字，說完，我熱到連耳根都開始發燙。

「記得我第一次給妳音樂CD的時候嗎？」

「記得。」

「那其實不是我第一次見到妳。」霽永開始緩緩地說著，他連講話聲音都那麼像在吟唱詩歌。「可能因爲住的地方夜裡很安靜，所以我常聽見妳開著窗戶自言自語。有時候我彈鋼琴，發現妳會和鋼琴聲對話。有時候，我會從我這邊的陽台上，看見妳坐在陽台望著星星。有時候，妳會大聲唸英文和一些句子……」

啊好丟臉，原來那些無聊的事情都被霽永看見了。

「我聽不太懂妳在說什麼，但可以感受到妳的喜怒哀樂，知道妳很喜歡我彈琴給妳聽。後來遇見妳拿著少女時代的CD，猜想妳喜歡韓國流行音樂，所以就把自己的音樂拿給妳聽，接下來的事情，妳是清楚的。」

「所以？」講這麼一大串，還沒有回答最重要的問題啊。

「回國後，常常想起妳……如果妳問訊息裡提到的人是誰，那我的確是在想妳。」

聽見這句話，我腦袋突然間空白。「你這樣講，我很難不胡思亂想。」

「妳就胡思亂想吧，那都是眞的。」

「什麼是眞的？」

「妳耳朵上的東西是眞的，我也是眞的。」

哇，我開始懷疑這是夢境，醒來之後，搞不好我會發現我正在睡覺而且流著口水。

「我是在作夢吧。你是在說你……你……喜……」

「當時不說，是怕妳有負擔，現在不說，總覺得哪裡不對。」

「說……什麼？」天啊，我覺得心臟要爆炸了。

「喜歡妳。」霽永爲什麼可以用這種氣定神閒的態度講出讓人臉紅心跳的話？

「眞的嗎？」慌亂之中，我竟然問了這種笨問題。「該不是愚人節吧今天。」

「不是啊。不好意思，這麼晚打電話給妳，我只是覺得，好像也該對妳表示些什麼，我自己也才能好好地工作。」

「喔。」我整個人都傻住了。

「睡吧，我得繼續工作了。」

「你不睡嗎？」我急急地問，這種時間他竟然還要工作，應該要告公司吧。

「工作完會休息一下。」

「嗯，妳要好好照顧身體。」

「會的，晚安。」

「晚安。」

放下手機，我又看時鐘，三點半，這通電話不知道要花霽永多少錢？

不過重點不是這個，重點是剛剛霽永說了什麼？是「喜歡」嗎？韓文的喜歡應該是那樣說的沒錯吧。

用指甲抓抓自己的手臂，有感覺。站起身拿美工刀輕輕刺自己，有點痛。用馬克杯裝溫開水，有溫度。

這不是作夢吧？

他眞的說喜歡我嗎？

好可怕的感覺，爲什麼我如此難以置信地開心？

想要再度入睡，卻發現自己的情緒接近爆炸，無法冷靜下來繼續睡覺，霽永剛剛說的話，一直在耳邊不斷反覆。

喜歡妳，喜歡妳……

於是我在大半夜裡，得了一種不微笑就會很難過的病。

37

隔天起床時，眼睛都快睜不開，身體超疲累，還是忍不住笑容滿面。

整夜興奮得睡不著，覺得自己很像花痴。半夜起來，搜尋韓國的網頁看霽永的消息，出道的新聞、照片，還偷偷抓了不合法的mp3來聽，沒辦法，他們的CD只在韓國販售，我怎麼買到？

每看一張照片，就偷偷在心裡想：這個人說他喜歡我喔！

就這麼發花痴到天空微微亮起，才讓自己倒在床上小睡了一會兒。

上學的時候，一路上笑容都沒停過，經過身邊的人應該都覺得我有問題。

但我就是忍不住開心，忍不住摸摸耳朵上的小耳環，想起霽永說的話然後傻笑，驚覺自己像個笨蛋，馬上裝正經，接著又忍不住想起霽永說的話，傻笑，驚覺自己像個笨蛋……重複以上流程數十次之後，終於到了學校。

走進教室時，大家對我投以好奇的眼神，我這才想起昨天的事情，晴朗的天空頓時出現小小的烏雲。

這件事情還沒有過去嗎？

看了看四周，李思源已經到了。他坐在座位上看書，沒有抬起頭看我。

陳伯符還沒來，不知道他會不會出現。

想起昨天李思源說的話，心裡還是很難過，我不知道爲什麼他覺得當我的朋友很累，雖然我眞的不是個性很好的人，但眞的覺得和李思源相處得很不錯，那天，是認識以來第一次忘記和他的約定。

心裡明白那是我的錯，我願意道歉，但不知道李思源願不願意接受。

我舉步維艱地走向李思源，想好好地和他說話道歉，想向他保證下次他的表演我絕對不會忘記，但愈走近他，就愈感受到同學們投射在我身上的眼光。

大家的心裡在想什麼？

「柳筱青劈腿喔。」

「看不出來她是這樣的人。」

「還以爲她只是自閉，沒想到她手段這麼好，竟然弄到兩個男生爲她打架。」

昨天聽見的閒言閒語，這時候又全部出現在耳邊，吱吱喳喳地。

「她現在想做什麼？」

「要挽回李思源嗎？」

彷彿可以聽見同學們心裡的問題，我腦海中出現了很多問句。

於是，往前走的每一步都變得沉重無比，呼吸也開始變得困難。

在離李思源只剩下幾步的地方，我停下腳步，剛好這時候李思源抬起頭，發現我正注視著他。本來以爲他會說些什麼，但他只是輕輕地轉開頭，好像根本沒有看見我一樣，接著低下頭繼續念他的書。

爲什麼要這樣？

有一瞬間我很想問他，「爲什麼？」

但我知道大家都在看著我，他們都在等我說話，我說什麼、做什麼，都會成爲他們茶餘飯後的話題。

於是我放棄了，放棄問李思源。或許也放棄兩個人重新和好的最後一個機會。

慢慢走到自己的座位上坐下，拿出課本，開始複習等一下要考的科目。眼睛看著課本，腦袋裡輸入的卻不是算式，而是無止盡的問號。

爲什麼李思源要假裝沒有看見我？爲什麼不把話說清楚？我眞的不是故意忘記的，爲什麼要這麼小題大作？

後來他和陳伯符發生的事情雖說是因我而起，可是我背負這些莫須有的罪名被閒話了一整天，心裡也很無奈很憤怒，爲什麼他表現得好像這一切都是我的錯一樣。

無心看書，覺得有點想回家。

「哇——」

「天啊。」

安靜的班級突然開始騷動起來，大家竊竊私語。

從根本沒在看的書本裡抬起頭，刹那間我也愣住。

陳伯符剃了個很像漫畫中櫻木花道的那種大光頭！

全部的人目瞪口呆，看著陳伯符大搖大擺走進來站到我旁邊。

我看著他，還不知道要和他說什麼。

「對不起。」陳伯符彎下腰對著我九十度鞠躬。「讓妳背負那些壓力對不起，昨天的電話也對不起，總之對不起。」

這些話一講完，班上同學又開始竊竊私語。

我急急地站起來，「你這樣講不是讓情況變得更糟了嗎？」是啊，這種情況下說這些話，不就等於我們之間眞的有什麼一樣嗎？

「什麼更糟？怎麼了？」陳伯符完全狀況外。

「唉，這……」情急之下也不知道應該怎麼解釋才好，總之昨天的閒言閒語應該只有傳到我耳裡，陳伯符是不知情的。「反正你不用向我道歉，應該向李思源道歉。」

這樣講好像也不太對，是李思源先動手的。

「爲什麼？」陳伯符一聽，果然聲音又大起來。

這時李思源一拍桌子站起來，全班又立刻安靜。他回頭冷冷地看了我們一眼，就走出教室外。

事情演變至此，我眞的不知道該怎麼處理，我如果不跟著李思源走出去，別人會有話說，我如果跟著走出去，那也會有不同的猜測。

人面對不肯面對的現實時，最簡單的就是選擇逃避。

於是對陳伯符示意，請他不要再說了，我也安靜地坐下，假裝沒有聽見四周那些低語。

過了一會兒，有腳步聲靠近我桌邊停住。我不想抬頭看，這一切眞是太煩人了。

「筱青。」女生的聲音。

我面無表情地抬起頭，對上范佳家的美麗雙眼。「什麼事？」

「陪我去買早餐？」范佳家露出微笑。

不知道爲什麼，我聽話地跟著范佳家走出教室。她沒有往福利社方向走，反而往操場的方向去。

「要去哪裡？」

「我想和妳聊聊思源。」走到我平常吃飯的大樹下時，范佳家停下腳步。

「他現在已經不想當我的朋友了，很多事情妳不必再問我。」講出這句話，心裡還是有點酸，就這麼失去一個朋友也太悲哀了。

「我們……也已經很久沒說話了。」范佳家自嘲地笑笑。「其實剛開始時，我一直以爲我們是兩情相悅的，以爲他只是比較不擅長表達。思源總是很體貼，體貼得讓人以爲他是特別爲我著想才會這麼細膩。」

李思源的確是體貼到可以幫忙買衛生棉的這種類型。

「這樣的情況持續一星期之後，我開始問他下課去哪裡、放學去哪裡，回家爲什麼沒有打電話給我。我自以爲是他女朋友，開始做出女朋友的要求……」范佳家和我一起坐在樹旁的椅子上，她修長的腿，不時引來旁邊男生偷看的眼神。「幾天之後，他有點爲難地說要和我談談，接著就說他很感謝我喜歡他，但是他認爲不應該繼續讓我誤會下去，他並沒有要當我男朋友的意思。我問他爲什麼，我哪裡不夠好？」

是啊，范佳家又漂亮身材又好，哪裡不好？

以前也想過，范佳家可能是會說一些謊話來達到目的的人，心裡肯定有些什麼病。後來經過霽永的開導，自己轉念一想，好像也不該這麼苛責一個人。

後來觀察她和李思源的互動，還有她跟班上同學的互動，發現她其的不是個壞人，只是舉手投足之間仍然會有大小姐的習性，偶爾任性，習慣別人幫她把事情做好，但她的應對進退都很有規矩。後來我才發現，原來她人緣還不錯，個性也不像我之前想像的那麼糟糕。

應該是因爲當時她覺得我是她最大的對手，用敵人的心態來看待我吧。現在站在我面前的范佳家，褪去了敵對的武裝，只是一個普通的女生，一個失戀的女同學。

「他對我說，一個人之所以會喜歡另外一個人，只是因爲那個人突然間跑進心裡面住下來，不肯出去。」范佳家看著天空，眼睛有點紅，「他說那地方一次只能住一個人，所以除非那個人願意出去，否則沒辦法再讓其他人進去了。」

想不到李思源也會說出這麼富有哲理的話。

「我想，在他心裡那個人……」范佳家收回遙望著天空的眼神，往我這邊看過來。

「或許是妳吧。所以之前我很討厭妳，但現在想一想，就算討厭妳，對事情也不會有幫助，我爲之前的事情向妳道歉。」

「都過去那麼久了，也不需要道歉啦。」

「他雖然沒有說，但每次聊天，講的都是妳。妳沒去音樂會那天，他眞的很失望，那天是他的獨奏會，妳知道嗎？」

「什麼？」聽完這句話，還來不及反應到什麼，就發現李思源站在不遠處，看著我和范佳家。

38

時間好像凝結了，我們誰都沒有說話。

看著李思源，他眼裡的淡漠是從未見過的陌生情緒，不過短短幾天，這麼好的朋友竟然用這樣的眼神看我。

心裡很亂，還在消化剛剛范佳家說的話。說實話，我從來沒想過李思源會喜歡我，因爲他每天都嚷嚷著喜歡又正又溫柔身材又好的妹，怪我不介紹朋友給他之類的。

「這件事，我會當做沒有聽到。」對范佳家說完這句話，我往李思源的方向走過去。

他看著我走近，一句話也沒說。

站在他面前，我開始把心裡想說的話一股腦地說出來，「眞的對不起，那天爽約是我的錯，我沒有想要逃避責任。到現在我仍然不明白爲什麼事情會變成這樣，你可以生氣，但打人不對，陳伯符根本就不知道我和你約好了，不需要把氣出到人家身上。」

李思源沒有任何表情，但至少沒有走開。

「這幾年，很感激一路上有你的陪伴，讓我從害怕和人相處的狀態慢慢從自己的世界裡踏出去，謝謝你。如果可以的話，我想要一直都當你的朋友，但是……」講到這裡突然覺得鼻頭很酸，我盡力忍住想要哭的感覺，慢慢說著，「但是你說當我的朋友很累，這是我第一次聽見你心裡的話，我知道或許這些年我都只顧著接受你給我的友情，而忽略了對你付出些什麼，甚至連約定我都忘記了。眞的很抱歉，我不是一個很好的朋友……我願意接受你不想當我朋友的決定，眞的很對不起你。」

還是忍不住流下眼淚，「對不起，眞的很謝謝你曾經是我最好的朋友。」

說完，我轉身想離開現場，不想繼續留在那裡看李思源陌生的表情，我只想記住他過去愛笑、愛抬槓，那些傻氣卻熟悉的樣子。

「等……」李思源拉住我的手，「等一下，我有話想跟妳說。」

回頭看著李思源，我不知道該用什麼樣的表情面對。

他是我上高中之後唯一的好朋友，儘管是男生，卻從來沒有讓我感受到不自在；儘管是男生，卻比女生還要細心；儘管是男生，卻比女生更令人安心。

「范佳家說了什麼？」

「她說了什麼，很重要嗎？」那些話語我都忘記了。

「不重要。」李思源搖搖頭，「重要的事情我自己會說。」

接下來，我們都沒有再說話，直到第一堂課的鐘聲響起，我才說：「得回去上課了。」

「我沒有喜歡妳。」李思源突然這麼說。

「啊？」我嚇了一跳，接著因爲不知道該回答什麼好，只能胡亂地說：「嗯，好，我知道了。」

「不管妳聽到什麼，或感覺到什麼，我都不可能會喜歡妳，請妳不要誤會。」

「嗯。」聽到人家這麼明白地說不會喜歡自己，應該回答什麼？謝謝？

「那……就這樣。」李思源接著說：「還有，這兩天的事情，我接受妳的道歉。」講完，他邁開腳步往教室反方向走，我也不知道他要去哪裡。

聽完范佳家說的話，再聽完李思源說的話，我突然覺得自己被他們弄得好混亂。

本來以爲自己的生活圈很單純，不會有太多複雜的事情。但是多了一個范佳家，就多出好多意外的插曲，再加上陳伯符的出現，許多事情都開始受影響。

現在，還有誰是我的朋友，我又能夠當誰的朋友呢？

回到教室，老師已經開始上課，大家都用帶著問號的眼神看著我，以及李思源空空的座位。

他們心裡或許在猜我和李思源去哪裡，又做了什麼，我是不是去挽回李思源？爲什麼李思源沒有回來？是不是不原諒我？

這些問題他們沒有說出口，卻通通都寫在他們的臉上。

我覺得很恐慌，幾乎想轉身逃走，但對上了陳伯符的眼睛。

他堅定地看著我，似乎告訴我，「沒關係的，趕快過來坐下。」

「還不趕快坐下？」老師的聲音喚醒了一直站在門口的我。

快步往前走，直到我坐下拿出課本爲止，都感覺到陳伯符的視線。

打開了課本，但老師在說什麼我根本沒在聽。

失去李思源這個朋友，好像生命被挖空一塊，怎麼樣都不對勁，我剛剛是不是不應該那麼說？

從來沒想過，李思源在我生活裡是如此重要的角色。長久以來，很多心事都會跟他說，他也會提出很中肯的建議。遇到挫折或難過的時候，他爲了提振我的精神，會找我和他一起去打個保齡球或是去圖書館看奇怪的世界大百科，開心的時候，會一起買桶炸雞店的全家餐，吃到兩個人都快撐死。

我不認為他喜歡我，但為什麼聽到他這麼斬釘截鐵地說他不喜歡我時，又覺得有點不舒服？

一個小紙團突然飛過來掉到課本上。

「要不要蹺課？」打開一看，是陳伯符的字跡。

我乾脆地寫上「不要！」丟回去，什麼時候了還想蹺課，也不想想離學測沒多久時間了，還不好好念書。

「妳看起來沒在聽課。」

「要你管。」

「昨天我生日耶。」

「生日快樂。」

我把紙條丟回去，沒多久，陳伯符寫好傳過來，「謝謝妳當我的朋友。」

看了這句話，我愣住了。這幾個字很簡單，卻讓我想起李思源。

他在我很困難的時候對我伸出援手，我卻忘記和他的約定。他生氣到說出不該說的氣話，我卻認真看待他說出來的話，又任性地說出含有「你不願意當我的朋友就不要當朋友」這種意思的話。

如果立場調換過來，我應該會比他更難過。

我是不是做錯了？

看著陳伯符的紙條，眼淚開始撲簌簌地掉下來，暈開了藍色的墨水。

39

過了幾天情緒大起大落的日子。

白天在學校成爲眾人茶餘飯後的話題，壓力很大，晚上和霽永談戀愛又甜滋滋的。

自從那天霽永說了喜歡我之後，幾乎每天晚上我們都會通電話。溫柔的霽永總是臉不紅氣不喘地講些肉麻的話，難怪喜歡他的歌迷人數日益壯大，我都有看推特，他們眞的是愈來愈受歡迎了，後援會的人數也愈來愈多。

和霽永講了學校的事情，他聽完之後也只是安慰我，希望我不要因爲這件事情太難過。但針對和李思源的狀況，他沒有給我建議，他說我自己的朋友，只有我自己才了解，別人不清楚，不可以隨便給意見，他只希望我做什麼事情都不要後悔，一定要好好地思考。

所以，這幾天我一直想，還是希望能和李思源當好朋友。

而他在缺課了三天之後，像沒事人一樣出現在學校。和大家，包括和我的互動都跟以前差不多，只有我隱隱約約感覺到，我們已經不是從前的好朋友了。

他現在對我和對范佳家都一樣，還是很友善，只是變客套了。

我們不會再一起去樹下聊天打屁，也不會互相比較分數嘲笑對方，我不會從我家附近幫他買他喜歡的奶酥口味山東大饅頭，他也不會再問我想不想去逛街吃飯聊八卦。

我們的友誼，好像就退後到剛進高中的那時候。

現在，反倒是和陳伯符相處得比較自然。他頂著那顆光頭，好像突然想開了一樣，上課也不睡覺，對班上同學的態度也變好了，甚至有女生寫情書給他，真是男大十八變。

有幾次，我想和李思源再好好談，但他總是對我說：「很好啊，沒事了，妳不要想太多。」

接著就還是一樣淡淡的。他說很好沒事，實際上根本不是這樣。他不說出問題在哪裡，我也無法解決我們之間的僵局。我眞的不知道自己還可以做些什麼，才可以找回往日大家相處的感覺。

班上還是有些耳語在流傳，現在是我因爲陳伯符而拋棄李思源這樣的版本。我試著不去理會不去在意，回家之後，還是會覺得難過。

今天放學後，爸爸會來載我回家，說很久沒看見我了，提早來接我。

算一算，也眞的很久沒見面了。和媽媽也是，不知道她現在成爲別人的媽媽之後，有沒有比較開心？

聽起來很酸，但是我知道媽媽心裡很愛爸爸，只是嘴硬，不肯說出來。我希望她幸福，希望看見媽媽的笑容，跟爸爸分開的那幾年，她假裝自己一個人很自在，其實心裡還是惦記著爸爸。

以前常常半夜醒來，看見她自己一個人拿著相框，在客廳裡沉思。

「想什麼？」眼前出現金莎巧克力。

「沒什麼。」一把抓下金莎，這是陳伯符用來道歉的貢品。

之前的事，他心裡覺得過意不去，一直問我，他要怎麼樣表達歉意我才會原諒他。我說要一天一顆金莎，直到學測考完爲止。其實也剩下沒幾天，陳伯符認眞地履行這承諾，每天下午放學時，都準時把巧克力送到我眼前。

「今天要去吃飯嗎？」現在常和陳伯符一起去吃飯，他也喜歡上了阿婆麵攤，不會老是去同一家義大利麵店。

我一直以爲他去那家店是因爲那家店非常好吃，後來證實只是他根本不知道其他的店，只好去同一家店點同樣的東西，這樣就保證不會吃到難吃的食物。

很怪的邏輯，很怪的人。不過，後來他喜歡上阿婆麵攤，就常吵著要去吃陽春麵。

陽春麵這東西充滿哲理，愈是簡單的食物，愈難做得好吃，如同愈是簡單的道理，愈少人會去實踐。像簡單的謝謝、對不起，其實很少人會說了。

「等一下我爸要來接我。」

「幹麼？」

「回家啊，我也是要回家陪家人的。」

「我可以去嗎？」陳伯符突如其來地問。

「啊？」我驚訝地張大嘴，「你去做什麼？」

「醜媳婦總需見公婆？」陳伯符想了想，說出非常不恰當的回答。

「你是不是腦袋壞掉？」

「好吧，那只好明天吃飯。」

「不要。」

「爲什麼又不要？」

「明天不用上課。」

「不用上課也可以一起吃飯。」

「明天我在我家，沒有要回這邊的套房。」我把該收的書本收好，該放進書包的放好，準備到校門口等人來接。

「那我週末要做什麼？」

「你有情書耶，可以約寫情書的人一起去吃義大利麵，拜拜。」說完，不等陳伯符回答，我就趕緊逃出教室。

總覺得在教室裡和陳伯符說話都會有人側耳監聽的感覺。走了幾步，發現李思源在我前方不遠處。想要去和他講話，又怕被他冷冷地回應。想了想，還是鼓起勇氣走到他旁邊，「嘿，李思源。」

李思源先是停下腳步，接著轉頭看我，很客套地露出笑容，「什麼事？」

「你有時間嗎？我有很多事情想說……」我戰戰兢兢地開口。

「不好意思，我得去補習了。」李思源轉身想走。

情急之下，我伸手拉住李思源，「那，一下下就好。」

他看著我，沒有說話。我深呼吸，「爲什麼我覺得我們已經不是好朋友了？以前你都會和我說很多心事，我們也會一起去逛街、看展覽，做很多事情……現在的你，讓我感覺好陌生。」

「人會長大，很多事情會變。」李思源依然是那樣淡淡的表情，「我想通了很多事情，所以現在要專心準備考試。」

「可是，我想要我們像以前一樣，還是好朋友。」

「我們現在也還是好朋友啊。」李思源笑了笑，「不好意思，時間來不及，我得先走了，再見。」

他掙脫我的手的瞬間，我才明瞭，那些過去再也不會回來了。

有些錯誤，一旦造成了，就再也沒有彌補的餘地。

40

我對陳伯符說了謊話。

其實我明天中午才會回家，對陳伯符那麼說，只是因爲今天我想自己一個人待在家等霽永的電話。

霽永忙完一整天的事情之後，會盡量在午夜打電話給我，有時候會用skype聊，這樣比較省錢。不過因爲霽永不想讓團員們知道我和他的事情，所以都得等到回到他自己的房間才能和我聊。

韓國現在很冷，霽永昨天說下雪了。

和霽永的一切，就好像進入童話世界般不可思議。在平凡世界裡的女生，突然跑進了充滿幻想的國度裡，和裡面最帥的王子談起了不可以讓人知道的戀愛，偷偷地在午夜時分牽著手散步，月光將兩個人的背影拉得好長，而他們會爲了這一點點微小的幸福相視而笑。

所以，即便是無法見面，即便是距離遙遠，儘管是比普通人辛苦許多的戀愛，我都因著和霽永每天這樣一點點的累積而感到幸福。

回到家，順手開了信箱，沒想到裡面有張郵件通知，提醒我到管理員室領包裹。

「誰會寄包裹給我？」邊想，邊往管理員室走去，和管理員叔叔打過招呼之後，拿到了一個小小的包裹。

一看上面地址，來自韓國首爾。

霽永寄來的！

雀躍地拿著包裹回房間，七手八腳地把包裝拆開之後……

是他的CD！附上寫眞書的精裝版！

霽永化了妝，擺出和平常的溫柔截然不同的神情，帶點玩世不恭的味道。

封面上的人，對我來說既陌生又熟悉，雖然已經在網路上看過照片，眞的拿到專輯，感覺還是完全不同。

包裹裡面還有個小盒子，一打開，是條項鍊，上面的寶石和耳朵上的寶石是同一種，顏色鮮豔如血的寶石。

小心翼翼地拿起項鍊，我深怕自己一個不小心把它碰掉了。裡面附了張卡片，寫著：「Your gift.」

我微笑，想起霽永收到我寄去的禮物時，在推特上寫的話。對照卡片裡的話，好像我和他之間的紀念品總是成雙成對。

拍了項鍊的照片傳上推特，標題寫謝謝，希望霽永會看見。

有時，他在移動途中上網看一下推特，藉以打發時間。不過有時候太累，他會補眠。

他說宣傳期再一個多月就結束了，到時候行程會比較少，問我要不要過去韓國玩。一個多月後剛考完學測，不知道有沒有時間去玩。就算有，突然要出國，對爸媽的心臟來說也是一大考驗。

把項鍊戴上，對著鏡子，看項鍊掛在自己鎖骨上的樣子，還是覺得很溫馨。

我可以永遠都活在霽永的童話世界裡，享受著這些小小的幸福嗎？

更新完自己的推特，連上霽永的，突然發現不太對勁。

在上次更新底下的推文中，有人貼出了霽永和某個女星臉貼臉的照片，還有連結。順著連結點過去，有照片和一篇很像新聞報導的文章，但是我看不太懂，於是整篇複製去Google翻譯，翻譯得不是很精確，但大致上看得出來是緋聞，說霽永和某當紅女子團體裡的一個團員流出親密自拍照，女方經紀公司出面澄清，說兩個人只是認識，並且暗示霽永是藉由對方的名氣來製造新聞。

怎麼會這樣？

照片上的霽永和那個女生的確臉貼臉，非常親密地靠在一起，露出燦爛的笑容，這笑容我是認識的。

心裡有點慌張，因爲那個女生超漂亮。

因爲對韓國的偶像完全不熟，所以去查了一下女生所屬的團體，果然在韓國算是知名度很高的偶像，粉絲人數比起剛開始活動的霽永他們要多很多。

霽永的推特底下有很多人回文，我看不太懂，只隱約看得出來有幾個單字是「討厭」、「卑鄙」之類的。

怎麼辦？

正研究著網頁上的韓文新聞時，霽永在Skype上線。

我們開始通話，他的聲音聽起來很疲倦。「怎麼了？」

「剛剛看見新聞……」我有點艱難地開口，因爲不確定問這樣的問題會不會讓他心情雪上加霜。

雖然他說了喜歡我，但我們過去相處的時間，不足以讓我清楚他的個性倒底是如何，面對這些負面事件，我應該讓他自己面對，或應該陪著他一起面對，我想先問問他。

「妳收到了嗎？」霽永反而問了我問題。

或許他不想討論這個吧。「收到了，謝謝妳。」

「收到了就好，我還有事，妳先休息。」

「加油。」

「嗯。」感覺他好像有氣無力。

結束了通話，突然有點失落。

剎那間，意識到自己好像局外人，雖然靠進了那個世界，卻無法知悉那個世界運行的規則。在那個世界發生變化時，我根本無從明瞭，更遑論解決問題。

看著霽永的推特底下愈來愈多回文，回文裡有很多驚嘆號和幾個我認識的單字，意思都是不太好的，這瞬間，我好討厭自己懂得那麼少。

除了看著，我什麼也不能替他做。

握緊項鍊，希望可以藉由共通的信物，把自己的力量傳達給他。如果眞的像在童話世界裡一樣有魔法就好了，那我現在就可以飛到霽永身邊，給他支持和鼓勵。

默默地替霽永祈禱，希望事情不會變得太嚴重。

我念不下書，早早就睡著了，夢裡好像有許多美麗的女孩子環繞在霽永四周圍。

拜託，他身邊有這麼多條件好又美麗的女孩子，怎麼可能會喜歡我呢？

不，我不能夠懷疑他，要相信他所說過的話，項鍊不就是他給我的信物嗎？

一整夜就這麼矛盾地反覆詢問著自己，昏昏沉沉地在夢裡慌亂掙扎著。

隔天起床，還來不及開電腦，就接到爸爸電話通知說他已經在樓下。我趕緊簡單整理好行李衝下樓。

看見爸爸的瞬間，我嚇了一跳，突然發現他白髮蒼蒼，好像老了許多。

在車上，他不斷問我最近好不好，功課怎麼樣，有沒有認眞讀書。他最近和人家合夥要去大陸做生意，希望能夠拚一下，讓我們將來可以接班。

這才明白，他爲了子女，都一把年紀了還不能享享清福，還爲了子女奔波，也眞的是很辛苦。

以前我不肯體諒他，因爲他外遇，讓媽媽很傷心，讓一個好好的家庭變得七零八落，也因爲他經商偶有不擇手段的作法，讓我覺得他唯利是圖。

但今天一看見他，聽見他講話的態度與神情，我突然了解，爲人父母不過就是希望孩子過得好而已。

是不是應該試著對他們都更寬容一些呢？

心情五味雜陳地回到家，一進門，看見那個小學生妹妹坐在沙發上看電視，我友善地對她說：「哈囉，知瑩。」

而她只是轉過頭看了我一眼，就又繼續看電視。

爸爸看見這一幕，趕緊對她說：「怎麼不和姊姊打招呼？沒禮貌。」

知瑩不理會爸爸的問題，反而語氣很衝地說：「她來幹麼？」

這時候我有點怒意，怎麼會這樣回話？如果是以前，我會覺得爸爸活該，自食惡果，但今天看了他這樣子，我突然覺得自己偶爾也該維護一下爸爸。

正想說話教訓這個不知好歹的傢伙時，聽見爸爸說：「今天妳生日，把家人都叫回來團聚慶祝一下。」

聽到這句話，我突然愣住，慶祝？生日？柳知瑩的？

有點不是滋味，我的生日，從來都沒有人為我慶祝過，今天竟然要幫她慶祝？

算了，難得和爸爸一起吃飯，就當成久違的團圓飯，大家一起好好吃一餐，不要計較太多，讓爸媽都開心就好。

打定主意不要理會那個沒禮貌的小孩，好好利用這兩天陪陪家人。

「媽。」走到廚房和媽媽打招呼，她正在準備今天晚上的晚飯。「有什麼需要幫忙的嗎？」

媽媽回頭看著我，臉上還是一樣的笑容。她就算是不開心，還是會硬撐著笑。「回來啦？晚上煮了妳愛吃的紅燒獅子頭，多吃點，吃不完打包帶回去公寓那邊，自己熱一熱，很方便的。」

看著鍋子上正在咕嘟咕嘟滾著的獅子頭，突然鼻頭一酸。我一直以爲自己是堅強的，一直以爲離開他們我會過得更快樂。有時候，其實也好想念爸爸媽媽，我也想要自己的媽媽在身邊。

「媽，不用忙啦。」看著媽媽忙碌的身影，我上前想幫忙，「有什麼要做的嗎？」

「不會忙，很簡單的，妳去客廳看電視，廚房太小了。」媽媽邊切菜邊說，眼睛還不忘盯著爐子上的獅子頭，深怕一個不小心焦了，味道會全走樣。

「媽，謝謝。」不知道哪裡來的情緒，我盡力忍住自己發熱的眼眶裡幾乎要衝出來的淚水。

「謝什麼，媽媽煮這個很容易。妳自己一個人住在外面，也不常打電話，都不曉得妳好不好。好像瘦了，要多吃點，以後有空常回來，媽媽幫妳煮點東西，妳帶過去冰著，想吃的時候就可以自己熱來吃，很方便。」

在哭出來之前，我飛也似地從廚房逃走。

害怕自己在媽媽面前哭出來，會讓媽媽也很難過，於是走到客廳，電視畫面播映著海綿寶寶，我深呼吸幾次之後，也去坐在沙發上，眼睛盯著電視卻想著媽媽過去幾年悶在心裡的苦。

她肯定都在人後自己難過，什麼都不說，人前又是笑容滿面的樣子。

逼自己不要再想那些過去的事情，把注意力轉移到電視上。

海綿寶寶廣告了，轉台，接著看喜羊羊與灰太郎，又廣告了，轉台，看萌學園，又廣告了，轉台……

這樣是怎麼看劇情？不過，話說回來，這劇情也似乎不是很重要，但這麼無限重複之後我有點膩了，難道第四台除了卡通這三台之外，沒有其他節目可以看了嗎？都小六了，難道不能看些其他東西嗎？不要求妳看Discovery，至少可以看一下電影台或音樂台吧？

「可以看一下別的嗎？」第二十八次轉台時，我終於忍不住開口。

柳知瑩轉過頭來看著我，眼裡寫滿了叛逆的神情，「這又不是妳家，我想看什麼就看什麼。」

我發誓，要不是因爲我最近脾氣很好，肯定會學陳伯符一樣動手。「那就好好看，不要一直轉台。」

「干妳什麼事？」她轉過頭繼續看著電視，仍然拿著遙控器不斷轉台。

聽到這句話，我倏地站起來。她嚇一跳，用一種「妳很奇怪耶」的眼神看著我。

快步走進廁所，對著鏡子裡的自己說：「冷靜！冷靜！那個人的一切和妳沒有關係，妳不要因爲這種人生氣，況且她還是個孩子，還不懂事。」

反覆對自己說了近百次，才慢慢地將想要罵她的衝動平息下來。

走出廁所時，媽媽已經把飯菜都張羅好了，「快來吃飯。」

爸爸和我都入座後，剩下客廳那個還在看電視。媽媽叫她吃飯，她不過來，爸爸叫她吃飯，她也不過來。

我懶得理她，自己先開動了，不吃飯是她家的事情。

等到大家都吃了一會兒之後，卡通演完了，她終於走過來餐桌邊，對餐桌上的菜掃過一眼，接著說：「我不想吃這些。」

什麼？餐桌上有五菜一湯耶。

「那妳想吃什麼？」媽媽問她。

「我想吃夜市的烤肉。」

「不可以。」爸爸說。

「我想吃那個。」

「家裡有菜有飯，不可以吃那個，那個沒營養。」爸爸繼續講著，「媽媽煮得這麼豐富……」

「她又不是我媽媽。」柳知瑩撇撇嘴。

聽到這句話，我放下碗筷，站起身來，把面前擺著的那杯水，用力往柳知瑩身上潑過去。

「幹麼啦妳！」她尖叫。

我走過去，飛快地甩了她一巴掌。

「筱青！」爸爸媽媽一見到這狀況，都站了起來。

柳知瑩不服氣地抬頭看著我，也揚起手。

我抓住她伸出來的手，義正辭嚴地對這個不知感恩的孩子說：「請妳記住，妳現在看似美滿的家庭，是犧牲我的家庭換來的，如果妳不知道要好好珍惜，請把我的家庭還給我，然後自己出去。如果妳意識到這是妳的家，請尊重我媽媽。沒有她，妳自己有辦法過生活嗎？等到有一天妳可以獨當一面，自己賺錢、自己有房子、自己養活自己的時候，才有資格跟家人耍任性。現在，妳不過就是個被寵壞的小孩，別在那裡自以爲是大小姐，清醒點！」

「我才不要妳管。」她反抗。

「那妳就出去啊！」我大聲起來，把柳知瑩往外推。

「筱青，不要這樣。」媽媽拉著我，但我執意要給這個死小孩一點教訓。

「筱青！」爸爸大吼。

停下動作看著爸爸，我相信自己的表情一定很憤怒。

「她只是個孩子……」爸爸面有難色地開口。

沒等他說完，我打斷他的話，「等到她長大才要教，就來不及了！她平常都是這樣對我媽的嗎？」

「沒有啦沒有啦。」媽媽趕忙打圓場。

「妳也是，妳要軟弱到什麼時候？」
我講完之後很生氣，不理會他們的叫聲，拿著包包就衝出家門。
跑了幾分鐘之後，氣喘吁吁地停下腳步，才開始覺得難過。
那是我的家，柳知瑩搶走了這一切，卻還不好好珍惜，想想覺得好不值得。
剛離開得太匆忙，忘記拿外套，在寒流來襲的冬夜，我蹲在路邊，腦中只想得出一個朋友的名字。

42

沒多久後，我身上披著陳伯符的外套，坐在他的機車後座，兀自發抖著。
「還冷嗎？」陳伯符從遠處的便利商店跑回來，手上拿著兩瓶熱豆漿。「這是便利商店裡溫得最熱的飲料，先隨便喝，愈熱愈好。」
另外一瓶豆漿，他叫我夾在衣服裡暖身體。
喝下溫熱的豆漿，加上衣服裡那一瓶，身體果然開始慢慢暖和起來。
「這麼冷的天氣，幹麼跑出來？」

「心情不好。」

「那也應該穿外套出來。」

「去兜風好不好？」

「兜什麼風？這麼冷。」

「那你載我回家好了。」

「這倒是可以。」

外套裡的手機不斷震動，拿起來，發現是媽媽，無奈地接聽，「媽，什麼事？」

「妳在哪裡？」

「現在要回去公寓那邊。」略過了要讓陳伯符接送的部分。

「也好，妳的行李和煮好的獅子頭，明天我讓妳爸給妳送過去。」媽媽嘆了一口氣，「我知道妳心裡不舒服，但是……」

「媽，沒關係啦……」我趕緊打斷她，「不是妳的問題，是我自己沒有調適好。」

「筱青啊，妳從小就比較沉默，媽媽知道妳可能心裡委屈，願意的話，可以跟媽媽說，好不好？」

「媽，我知道。」有很多話想說，卻不知道從何說起，連忙推說公車來了，趕緊掛掉電話。

長年的隔閡，儘管親如母女，有些話仍然無法說出口，我眞的很想念以前全家快快樂樂的樣子，爲什麼現在，連我回去吃個飯，都要被當成外人對待呢？

我也是女兒，憑什麼那是她的家不是我的家呢？

「還好嗎？」陳伯符今天異常地體貼，一句討人厭的話也沒說。

「嗯，還好，走吧。」

陳伯符把自己的外套給我穿，自己拿出雨衣穿上，說這樣可以擋風。

沒有下雨的天氣，穿著鮮黃色雨衣的陳伯符非常顯眼，經過的路人都忍不住看他幾眼。

「喂！」陳伯符停紅燈時，突然回頭跟我說話，「問妳一個問題。」

「問啊。」

「妳有喜歡的人嗎？」

「有啊。」

「是誰？」

「是童話故事裡的王子喔。」想起霽永微笑的樣子，忍不住也跟著微笑起來。

我眞的很喜歡霽永，現在說這種話，已經不會害羞了，我就是被王子喜歡的灰姑娘喔。

「幼稚。」陳伯符撇撇嘴。「說眞的啦！」

「這就是眞的啊。」

「呿。」

台中的夜晚，充滿許多令人懷念的回憶。和霽永一起走過的道路、一起看過的夜景、一起去過的夜市……每一個小細節，都清晰得像是昨天才發生。

「要不要去逛夜市？」又是紅燈的空檔，我問陳伯符。

「妳不是很冷想回家？」

「我現在不冷了。」

「好。」

陳伯符說完，把機車掉頭，往河南路方向前進。這條路，我之前和霽永也曾經來過。

不久後，到達逢甲，因爲寒流的關係，逛街的人比平常少一點，陳伯符還是一樣穿著雨衣逛街。

「你爲什麼不脫掉雨衣？」停好機車要去逛之前我這麼問他。

「幹，要我冷死嗎？妳很沒良心耶。」陳伯符外套裡只穿了件薄長袖，外套給了我，身上只剩下薄長袖上衣。

「不然還給你。」

「妳要讓我被天下人唾棄嗎？自己穿外套，丟著旁邊的女孩子冷得發抖？」

「你好難伺候。」我故意這麼說。

「妳！」陳伯符眼看著又要發怒，後來還是忍住，「不罵髒話、不罵髒話……」

「好啦，等一下我去買件外套，把你的還給你。」

「不用，我穿雨衣很好看。」

既然他這麼堅持，也只好隨便他。

逢甲夜市眞的很好逛，我把上次和霽永一起逛的時候吃過的所有東西都再吃了一輪，感覺很滿足。

「妳眞的很能吃。」陳伯符陪著我不斷吃東西之後，說了句感想。

「能吃才是福。」我開心地繼續剝茶葉蛋。

心情不好時，吃點好吃的食物，眞的可以讓心情變好。這麼走著、吃著、閒聊著，剛剛的壞心情，開始一點一滴地從心裡消失。

逛完，我買了件外套，陳伯符終於可以脫掉雨衣，我則是繼續說著要去看夜景。

踏著曾經和霽永一起去過的土地，重溫那些記憶。

不過，因爲我記路線的功力不太高明，最後到了一個很奇怪的路邊，和霽永帶我去的地方完全不同，但一樣有夜景，只好將就一下。

看著不太好看的夜景，陳伯符突然問我，「妳和李思源是什麼關係？」

「以前是朋友，現在的話……我已經不太清楚了。」眞是哪壺不開提哪壺。

「妳喜歡的人是他嗎？」

「我就說我喜歡的是王子了啊，他哪裡像？」

「那你到底喜歡誰？」

「那個王子，住在很遙遠的國度，跟我的世界有很大的不同，但是我喜歡他，喜歡他的才華，喜歡他總是很溫柔地講話，會給我突如其來的驚喜……」

「喔。」陳伯符低下頭。「媽的，女人好麻煩。」

「等你眞的喜歡上一個女生，搞不好也會變成溫柔又體貼的人喔，人爲了喜歡的人，都會改變的。」

「是嗎？」陳伯符好像不以爲然，「要回去了嗎？」

「好啊。」

不知道是不是我的錯覺，回程時，陳伯符的車速好像稍微快了一些，我更用力地抓住車後面的把手。

「陳伯符！」因爲風很大，我只好大叫。

「什麼？」陳伯符稍微轉頭，前方是綠燈只剩下五秒，他加速要衝過去。

「會不會太快？」

就在我問這句話時，側面突然出現一輛汽車，狠狠地對著我們撞過來！

「碰」地一聲巨響之後，感覺到自己飛出去，在地上翻滾了好幾圈。

還沒有感受到劇烈的疼痛，但身體動彈不得，眼睛也張不開。耳邊嗡嗡聲、人聲不斷地響起，卻什麼也聽不清楚。

好像有人在呼喚我的名字，但我連睜開眼的力氣都沒有。

接著，就是無盡的黑暗。

43

好像在作夢。

夢裡，和霽永一起站在光鮮亮麗的舞台上，霽永和其他團員都穿著純白色的西裝在唱歌，台下有粉絲大聲尖叫，一曲結束之後，霽永拉著我，大聲地對所有人說：「這是我的女朋友。」

接著台下眾人譁然，女性粉絲開始尖叫哭泣，把手上的加油棒都對著我的方向丟過來。

「不要！」

「不可以！」

「滾回去！」

「妳快離開他！」

怒吼的聲音此起彼落，有東西開始丟到我臉上來，霽永護著我，也被東西丟到了。粉絲不斷哭泣，其他團員掩護著我們離開舞台。

粉絲開始衝上舞台，好多人圍住我們，有人抓著我的頭髮往後扯，把我拉倒在舞台上。

他們不斷哭著打我，連霽永也被推倒在地上。

我們躺在地上，只隔了一公尺，卻拉不到彼此的手。

距離，愈來愈遠。

「啊！」我掙扎著張開眼，想要伸手摸自己的頭髮，竟發現全身都痛得不得了。抬起的手上，插著點滴軟管。

「醒了醒了！」旁邊有人說話的聲音。

「筱青，筱青……」眼前一片模糊。

「媽？」我瞇了瞇眼睛。「我看不清楚。」

「妳的眼鏡摔壞了，我先幫妳拿了一副以前的。」媽媽把眼鏡遞過來。

一戴上，才看見自己的腳被固定住，有種麻麻緊緊的感覺。

「妳左小腿骨折了。」媽媽看我直直盯著自己的腳，替我回答出心中的問題。

「骨折？」

聽完這兩個字，突然反應不過來，悶著頭想了一會兒，還是開口問媽媽，「骨折很嚴重嗎？」

「骨頭斷了，醫生在裡面打了鋼釘跟鐵片……」媽媽看著我，眼淚撲簌撲簌地掉，「如果剛剛叫妳回來就好了，就不會發生這種事情……」

這時，一個人影衝進門。

「柳筱青！」撲到我跟前的人是陳伯符。

他看著我吊著點滴的手，再加上看起來很恐怖的石膏，臉色大變，「妳……對不起、對不起。」

看見陳伯符，他也是一身的傷，臉上貼了紗布，左手也用三角巾掛著，其實我心裡倒覺得是我害了他，「沒事啦，我也有錯，如果當時乖乖回家，不要到處亂逛，就什麼事情都不會發生了。」

「你們兩個都是孩子，兩個都有錯。」媽媽很認眞地對我們說：「做什麼事情之前都要考慮，這麼冷的天，兩個人那麼晚了還在外面，多危險。」

接著，爸爸走進病房，看了陳伯符一眼，對媽媽說：「調到路口的監視器畫面，對方闖紅燈，而且還酒駕，現在已經被警察帶回去了。」

接著爸爸轉向我，「還好沒有傷到腦部，警察說，依照當時的撞擊來看，妳戴那種安全帽根本不足以保護頭部，只有腿骨折，算是不幸中的大幸。」

「至於你……」爸爸轉向陳伯符。

我開始很緊張地說：「爸爸，是我叫他來載我的，不是他的錯。」

「你……」爸爸很嚴肅地說：「警察說你車速七十多，已經超過速限，雖然年輕人喜歡刺激，但是希望你知道，在你後座的女生，對她的家人來說是非常珍貴的存在，你不珍惜自己不要緊，但是當你的後座有別人的女兒時，請好好考慮一下對方。如果連這點都不能做到，就不配載人。」

「伯父，對不起。」陳伯符深深地鞠躬，「這一切都是我不好，我願意負全責。」

「什麼叫負責？」爸爸問。「負責不是事後說的，是你載著她時就要想到的。」

「是的，很抱歉。」

這是第一次看見陳伯符這麼認眞道歉，還是第二次？

雖然我人躺在這裡，對於受傷這件事情仍然有極度的不眞實感。和受傷的痛楚比起來，醫院的氣味更讓我難受。

「什麼時候可以回家？」

「要看妳的狀況，等醫生評估。」

「考試怎麼辦？」

「到時候應該可以拿枴杖撐著。」媽媽講著講著，又開始掉眼淚，「好好的一個孩子，弄到渾身是傷，還要在身體裡打鋼釘……」

「好啦，哭什麼，會好起來的。」爸爸拍著媽媽的背。「好好照顧就是了。」

「出院後先回家來住，這樣才有人照應。」

「嗯。」我點頭。

後來爸爸先回家，因爲家裡還有柳知瑩需要人照顧。媽媽和陳伯符一直在病房裡，兩個人都沒有說話。

「我想看電視。」爲了打破讓人悶得難受的沉默，我率先開口。

「喔……」媽媽作勢要站起來，陳伯符卻一個箭步跳起來，拿起電視遙控器到我面前。「也不要看太久，應該要多休息。」

「伯母有沒有想吃點什麼？」這時才發現，陳伯符眞的不是平常表現出來的樣子。

以前和他還不熟的時候，覺得他一定是因爲個性差、不會讀書又沒禮貌才被退學，稍微認識他之後，覺得他雖然不是很笨或很沒禮貌，但個性眞的很暴躁。直到今天，才看見他的另外一面。

難道是因爲我受傷，才引發他這種溫柔又謙恭有禮的面向？

「不用，我不餓。」媽媽聽起來眞的很累的感覺。

「剛剛我已經打電話通知我父母，他們明天會從大陸回來處理，也會登門向您道歉，筱青的醫療費用，我們家會負責到底，一定會請醫生全力讓筱青復原。」

「喂，你不要講得一副我很嚴重的樣子，沒什麼大事，不過是骨折，會接回去的啦！」

「對不起。」陳伯符轉頭看著我。「眞的很對不起，讓妳在我的後座出事……」

此時，聽見手機音樂響起的聲音，我轉頭，不斷找尋聲音的來源。

陳伯符從一旁的背包中拿出我的手機遞給我，「這裡。」

看著電話號碼時，不知道爲什麼，突然間眼淚就掉了下來，「喂？」

「筱青？怎麼了？」聽見我的哭音，霽永也緊張起來。

「霽永……」我只能喊出他的名字，接著就開始哭了。

「怎麼了，別哭，發生什麼事情？」

接著，我邊哭，邊斷斷續續地說自己出車禍的經過。

「現在在醫院嗎？」

「嗯。」

「那妳先聽話，多休息，不要再哭了，好嗎？」

我哭著說不要，我想聽他的聲音，但霽永堅持要我去休息，他說剛開過刀的人不可以太勞累，要我先照顧自己。

通話結束後，我還緊緊握著手機，很希望霽永能多說一些話。眼淚還止不住，心裡貪求多一些些的溫柔呵護。

「那就是妳的王子嗎？」陳伯符突然用英文問了一句。

聽見陳伯符的聲音，我才驚覺病房裡還有其他人。因爲我講話都用英文，所以媽媽聽不太懂，只是很擔心地望著我。

「是嗎？」陳伯符等不到回答，追問著。

在我回答之後，陳伯符臉上閃過了很複雜的表情，最後他說：「我去便利商店。」就離開房間。

我則是對媽媽說我累了要休息，不去理會她充滿疑問的眼神。

麻藥是不是退了？不知道從哪裡開始的痛楚，慢慢地開始蔓延到全身。

我轉過身背對媽媽，讓眼淚一滴一滴滑落到枕頭上。

44

從那晚開始，到出院那天爲止，我沒再接過霽永的電話。

雖然他交代我出院之後給他電話，但也沒必要在這期間眞的一通電話也沒打來啊，難道我對他來說，眞的這麼不重要嗎？

就算工作再忙再累，我出車禍，人躺在醫院裡，難道眞的沒有空抽五分鐘打個電話給我嗎？

這樣算什麼喜歡？至少也應該問問我身體好點沒有吧，他那天什麼都沒有問清楚。這樣的要求是任性嗎？我只希望霽永能夠多關心我，而不是叫我多休息，然後就讓我自生自滅。

這種感覺眞的很不好，心裡知道霽永是個溫柔的人，卻對他這樣的表現很不滿，但又忍不住覺得自己小家子氣，竟然計較這些事情。

彼此喜歡是很簡單的事情，要經營感情眞的非常困難。難怪人家說相愛容易相處難，要找到讓兩個人可以長久下去的方法，是有難度的。

車禍兩天後的下午，陳伯符和他爸媽一起來到我的病房。當時媽媽正好出去，我對著陳伯符的父母，不知道說什麼才好，場面很尷尬，還好大家打完招呼之後，媽媽回來了。

陳伯符的爸爸看起來很有威嚴，媽媽則是一副溫柔賢淑的樣子，兩個人對於這次車禍的事情不斷道歉，說醫療費他們會全部負責，另外，如果後續我要針對傷口作美容整型手術，他們也會全額支付。

陳伯符經過這件事情，好像整個人都變了。對我爸媽態度很誠懇，對我則噓寒問暖的，不會再講話酸溜溜，連他爸媽都說沒見過兒子這麼乖。

後來的幾天，陳伯符和他媽媽每天都會到醫院來探望我，通常都會帶著燕窩、雞湯之類的補品，吃得我都不好意思起來。

骨折的部位說眞的很痛，但是我沒有資格怪人家，要不是我硬要他載我，今天也不會發生這樣的事情，只能說是我害他要背負這樣的罪名。

復健時很沮喪，因爲使力要站起來的動作很困難。每天的復健，都是媽媽陪著我練習，有時候，我看見她眼裡亮亮的，但我不敢問那是什麼，怕問了之後，眼淚也會跟著掉下來。

媽媽每天來回奔波在醫院和家之間，人瘦了一大圈。

有時候，陳伯符會蹺課來醫院，我常對他說這樣蹺課下去不得了，萬一又因爲時數太少被退學怎麼辦，他說他爸爸會處理。

住院的日子，認眞說起來可以說上很久很久，但感覺上又很短，每天都在一樣的復健中度過，沒有網路、沒有推特，也沒有霽永。

心裡很哀傷，因爲覺得霽永不夠關心我，所以才連一通電話也沒有打給我。

出院這天，我用著還很陌生的枴杖走路，每走一步都會痛，每走一步都會不自覺地咬著牙，不知道要多久，才能恢復以前走路的樣子。

陽光很好，照在身上有難得的溫暖，這陣子關在醫院裡，連呼吸都有消毒藥水的味道。我一步一步地走，坐進爸爸車子裡的時候，臉上已經有層薄汗。

陳伯符陪著我走到車子邊，對我說：「回家之後，如果有什麼需要我幫忙的，儘管打電話給我，我一定會幫忙到底。」

「這陣子也辛苦你了。」媽媽對陳伯符說。剛開始，她也會對陳伯符生氣，後來因爲我的傷勢沒有想像中嚴重，加上陳伯符不斷地努力補償，所以媽媽也漸漸地比較釋懷了。

「眞的很抱歉。」陳伯符這陣子最常做的動作就是鞠躬。

「我們走了喔。」我對陳伯符揮手，關上車窗。

車子愈開愈遠，陳伯符依然站在原地目送我們離開。

我眞的覺得很對不起他，因爲我的任性，他付出了非常大的代價。

「要去妳住的地方幫妳收拾些行李嗎？」爸爸問。

「嗯。」

到了我住的地方，勉強跟著媽媽一起上樓，打開房門的剎那突然覺得好陌生，不過多久沒回來，空氣裡已經有灰塵的味道。

我坐在自己的小沙發上，看著媽媽替我收拾東西，突然覺得很難過，「媽，我跟你們回家，眞的不要緊嗎？」

「說什麼傻話，妳是我的女兒耶。」

「我一直以爲……」我好像突然變回那個在學校門口等不到媽媽的小學生。「我一直以爲妳覺得我很麻煩，妳不想要我了……」

「怎麼會?」媽媽走過來抱住我。「我才是一直以爲妳不要媽媽了。」

我抱著媽媽，突然間忍不住眼淚，那些在住院期間流不出來的眼淚，此刻通通都像洪水般傾瀉而出。

媽媽抱著我一起哭，我有好多話想對媽媽說，但哭到說不出話來，只是一直抽泣著。

直到爸爸打電話上來問我們怎麼收那麼久，兩個人才停下哭泣的動作。

匆匆忙忙地把筆記型電腦收好，這才帶著一小包行李和電腦下樓去。

下樓前，我回頭看了一眼霽永的房門，希望他會如往常般打開門走出來，對我露出微笑。

但事實不然。

我突然有種再也見不到他了的預感，心臟比腳更揪痛著。

他永遠不會知道我多期望在痛到睡不著的夜裡能聽見他的聲音，即使是一句「晚安」也好，都可以在心理上減緩我的痛苦。

我多麼希望他能夠像偶像劇裡演的一樣，拋下滿滿的行程，飛過來台灣，只爲了確認我安好。

這緊閉的房門，提醒了多麼殘酷的事實，我和霽永，永遠是兩個世界的人。

永遠。

45

回到學校，因爲逼近考試日期，大家的神經好像都更緊繃了。這樣也好，不用再過那種一舉一動都要被注意的日子。

上學那天，爸爸開著車載我到學校，下車時，陳伯符已經等在學校門口，準備陪我一起進去。

我堅持要自己用柺杖走路，不想坐輪椅，也不想靠人攙扶，於是陳伯符小心翼翼地跟在我旁邊慢慢走，每走兩步就問我，「還好嗎？會痛要說。」

從校門口到教室，以往只要花五分鐘的時間，這天足足走了二十五分鐘。

進到教室，看見李思源，心裡才想起很久很久沒有和他說過話。明明是沒多久前的事情，卻弄得好像兩個陌生人。

他看見我拄著柺杖進教室，也是淡淡地掃過來一眼，連個表情也沒有就低下頭繼續念書。

我眞的很想問他，到底要爲那天的事情氣到什麼時候，人眞的有必要計較到這種地步嗎？爽約的是我，打人的是他，被打的是陳伯符，我願意道歉，陳伯符也願意不計較，他到底爲了什麼，要這樣執著到今天？

坐下沒多久，老賈一如往常走進來，不知道爲什麼，平常看起來很討厭的老賈，此刻卻使我感到親切極了，連他的冷笑話我都覺得好好笑。

回學校第一天，身邊大小事都是陳伯符在幫忙處理，中午幫我張羅便當，上課也不睡覺了，會幫我抄筆記，放學之後，在校門口陪我等爸爸來接我，才回自己家。

連他媽媽都打電話給我媽，謝謝我讓陳伯符突然間變得懂事。眞的改變很多啊他。

回到學校固然很開心，但我心裡始終惦記著霽永要我出院後通知他，所以出院當天晚上我就打電話給霽永，但是他沒有接，也沒有回電。

看娛樂新聞，他和某團體那位偶像的緋聞持續延燒，雖然兩邊的公司都否認這樣的傳聞，但粉絲之間的耳語是擋不住的，甚至有粉絲發起「反對霽永」的行動，拒買他們的CD，以抵制用緋聞炒新聞的霽永。

上推特看，除了我受傷那天他貼了一篇，「朋友受傷了，心情很難受。希望她能盡快恢復。」

接下來十幾天，看見他更新了很多照片，看來不受緋聞和被抵制的行動影響，在夜店過得很開心，旁邊有他們團員和很多女性朋友，照片裡，大家的笑容都燦爛到刺痛我的眼睛。

知道他不能陪在我身邊，知道他的世界比我多采多姿，雖然我都做好了心理準備，仍然無法面對自卑感排山倒海而來。

我在這端難過，他在那邊卻忙著和朋友一起開心，一點關心的訊息都沒有。

爲什麼會這麼難受？

我知道自己嚮往的是平淡生活，但從遇見霽永開始，就注定要面對大風大浪。

但我不知道原來這樣的感覺這麼令人難受，我只能遠遠看著他和很多女生爲了MV有親密的表現，爲了廣告有親密的合照，爲了各種理由，有各種不同的照片。

而我，只有「喜歡」兩個字。

我們甚至無法擁抱，因爲我和他在他的工作領域毫無關連，我們連擁抱的藉口都沒有。

這樣虛幻的喜歡，眞的是愛情嗎？

這樣的承諾，不是比沒有承諾更慘嗎？

每當夜深人靜時，我坐在電腦前看著一張又一張的照片，都會問自己，明知看了會很難過，爲什麼還要看這些來折磨自己？

無眠的夜裡，幾次拿起電話想打，卻又停下動作，怕自己沒有那樣的資格去興師問罪。

上線就登入的Skype，也總是看不見霽永。

我還聽得見他說「喜歡」的聲音，卻再也不確定這句話是不是眞的了。

在推特上寫下，「現實往往比謊言更令人難受，給消失的你。」

雖然只是短短幾個字，但邊寫，我就邊掉眼淚。

我很認眞地喜歡著霽永，希望他也能夠認眞地看待「喜歡」兩個字，但網路上這些照片，怎麼看都讓我覺得他根本沒有在意過我。

我算是霽永的什麼人呢？爲什麼連骨折，在他眼裡都可以輕輕帶過，我在他心裡一點分量都沒有嗎？

「筱青？」媽媽的聲音在房門口。

「怎麼了？」迅速關掉推特的視窗，換成查英文單字的畫面。「請進。」

「還不睡？」媽媽端著補湯進來，香味頓時充滿整間房。

「在念書。」

「念書之餘也要照顧身體，念書是一時的，身體才是最重要的。」媽媽微笑著。

「嗯，謝謝媽媽。」

「那個……有些事情或許妳不想跟媽媽說，但是如果覺得難過，還是可以和我聊聊。」媽媽坐在床邊看著我，「有時候，媽媽覺得妳個性太執拗，會因爲心中堅持一個原則，就變得固執起來。不想別人給意見，自己又走不出來……」

「……」知道媽媽說的是事實，所以沒回話。

「那天在病房，妳說的英文媽媽不是全都聽不懂，只是想，當下最重要的是讓妳恢復健康，所以沒多問。」媽媽語重心長地說：「人和人之間，遙遠的不只是距離而已。」

我咬住下唇，盡力不表現出自己被看穿了，勉強地擠出笑容，「媽，妳想太多了，事情不是妳想的這樣啦。」

媽媽站起身來，「沒關係，只要妳知道，無論發生什麼事情，只要妳覺得難過，媽媽永遠都會聽妳說話。」

「嗯。」

「晚安，女兒。」媽媽推開門走出去，輕輕地把房門帶上。

我趴在桌上，忍住不敢哭出聲。

眼淚一滴滴，暈開了剛寫好的筆記。

46

受傷之後回家住，生活變得比較熱鬧，也比較容易。

以前吃飯時間一到，就要去外頭覓食，現在媽媽會煮熱騰騰的飯菜，想想自己之前怎麼會覺得搬出去比較好呢？

雖然柳知瑩還是一樣目中無人，但只要她不犯我，基本上我可以把她當成空氣，加上我受傷的關係，爸爸最近比較肯聽我的話，所以對柳知瑩也不像之前那麼放縱。

家庭關係，對我來說，似乎慢慢地被推回軌道上。

失控的，是霽永。

那天聽媽媽說完之後，半夜一時衝動，就撥了霽永的手機號碼，結果轉入語音信箱。

見不到面，也無法聊天，這樣的感情眞的有辦法維持下去嗎？

有時候我不禁會想，我們眞的彼此喜歡嗎？或者霽永只是拿我來做爲寫歌時的靈感呢？以前看過一本小說，男主角爲了尋找作畫的靈感，到世界各地旅遊，並且和當地的女人談戀愛，畫出心目中理想的畫作之後，就離開當地，繼續前往下一個目的地旅行，當然，戀愛也就隨之結束。

「又在想什麼？下課了。」陳伯符出現在旁邊。

最近總是和陳伯符形影不離，吃飯也一起，上學放學都同行。謠言傳得滿天飛，但是我已經學會把這些不營養的話從耳朵接收到的聲音中消除。

學校的事情本來對我來說就很淡，現在更不重要了。

反正馬上就要離開這裡，同學們和我之間的關係也不需要變成我的困擾，這也是陳伯符教的。

他說人生那麼短，如果老是介意別人怎麼看待，就永遠都不能做自己。

或許這就是他能夠活得那麼理直氣壯的原因吧。

「想一本小說。」

「哪本？」

「我忘記名字了。」

把小說的情節大致上敘述給陳伯符聽，他聽完之後，不以為然地說：「不過就是個騙子。」

「是嗎？」

「是啊，假借作畫之名，行逃避責任之實的騙子。」陳伯符和我趁午休時間在校園裡散步，也是復健的一種，醫生說在能力範圍內能動就要動，肌肉才不會萎縮。

所以現在，散步成了陳伯符天天都要陪我做的例行公事。

「男生就是這樣的動物啊，我們不像女生一樣喜歡規畫兩個人的未來，談戀愛是現在的事情，和未來有什麼關係？女生總是想得很遠，我們以後要怎麼樣，考上同一所大學，住同一間宿舍……但對男生來說，生活還有朋友啊，還要打球、打電動跟看體育頻道啊，哪有這麼多時間每天都和對方膩在一起？但女生不一樣，女生就喜歡每天待在一起，就算什麼也不做，她們都覺得好甜蜜。」

「你怎麼知道得那麼清楚？」我狐疑地問。

「經驗。」陳伯符微笑。

「看來是很多經驗。」

「妳也要體驗一下嗎？」

「不用了，謝謝。」我沒誠意地謝謝他。

走了幾步，陳伯符突然又說：「妳的王子呢？」

「王子在遙遠的國度啊。」唉，為什麼老是要提到他呢？

「講英文的王子，沒有因為妳受傷，騎著白馬飛馳而來嗎？」

「你是童話故事讀太多了嗎？」我索性慢慢地坐在草地上，自嘲似地笑，「王子每天有好多行程要趕，要去拍宣傳國家的廣告片，還要接待他國來的王子、公主，還得上好多課來加強教育，每天都要忙到深夜才有辦法回皇宮休息一下，隔天醒來，發現又是一整天滿滿的行程，他根本沒時間關心喜歡的人腿斷掉之後有沒有好一些。」

「不過這也不是他願意的，除非他不當王子，不然，這些事情都是他身為王子的義務。」

「是啊。」我仰望著天空，「所以，有時候他喜歡的那個女生會想，自己到底是怎麼樣被喜歡的呢？有好多好多漂亮的公主就在他身邊，他為什麼會喜歡一個平凡的鄉下女孩？還是他也和畫家一樣，每到一個新的地方就談一次戀愛，走的時候，揮揮衣袖不帶走一片雲彩呢？那個女生常常想不通，她沒有辦法到王宮裡和王子見面，也不能打電話給王子，王子更無法特地來看她，她也會納悶，這樣叫戀愛嗎？到底什麼是戀愛呢？」

講著講著，眼前突然模糊起來，「她不奢求每天膩在一起，只希望可以偶爾聽見他的聲音，聽他溫柔地對自己說『我喜歡妳』，這樣而已。但是連這樣都太過於奢求了，因爲她和王子最後根本就不可能會在一起。」

「是這樣嗎？」陳伯符問。

「或許吧。」

「那這個女生，願意給住在隔壁村的普通男生一個機會嗎？」陳伯符聽完，許久，才悠悠地回了一句。

「咦？」我轉過頭看著陳伯符。

「這個男生其實以前也不是好人，和女生說的畫家差不多。因爲他長得還算不錯，家裡做點小生意，家境也不錯，所以在學校很受女生歡迎。他也覺得很好，只要有女生說喜歡他，長得漂亮的，他照單全收。但是女生總是問他是不是只愛她一個，他覺得很無聊，所以每次只要對方認眞了，男生就逃跑，久而久之，學校裡就會充滿關於男生的不利傳言，男生就開始惹事，然後轉學，直到男生轉到隔壁村的第三間學校，坐他隔壁的女生竟然敢大聲和他說話吵架，還一直惹他生氣。不知道爲什麼，男生覺得女生很有趣，就常常惹她，兩個人天天吵架，他突然覺得好新鮮……」陳伯符躺在草地上。「女生因爲自己忘記了和朋友的約定，被朋友責難的那天，男生想要保護她，卻和對方打了起來，對方後來不願意道歉，男生也因爲女生忍下了這口氣，儘管他不知道自己爲什麼要這麼做。

「有一天晚上，男生正在家裡連線玩英雄聯盟，女生一通電話打來，哭哭啼啼的，男生立刻沒有義氣地斷線，絲毫不怕被人檢舉就衝出門，把外套給她穿，自己穿丟臉得要命的雨衣，後來因爲知道了女生有喜歡的人，男生的心裡不知道爲什麼有點失落，騎車沒有注意四周，害得女生腿斷了，現在走路一跛一跛的，他覺得很愧疚。

「其實有很長一段時間，他不知道自己爲什麼很在意隔壁這個凶巴巴的女生，直到有一天媽媽問他：『你是不是喜歡她？』，他才恍然大悟，原來這種陌生的情緒是因爲喜歡對方，所以才會覺得開心、覺得失落、覺得好像那裡不對勁，和以前那種只想和對方摟摟抱抱的心情完全不同。正因爲如此陌生，所以他一直不敢說出口。但是看見女生在醫院裡因爲王子的事情難過時，自己眞的很想保護她，保護她遠離一切難過的事情……」

陳伯符看著自己的雙手，「不知道，女生願不願意給這個男生一次機會，讓男生保護她呢？」

「謝謝。」我說，眼淚早已瀰漫了眼眶。「但不行。」

「我想也是。」陳伯符聽完答案之後笑了。

「對不起。」

「不需要，其實男生早就知道答案會是這樣了。」

冬天的風，蕭瑟得一點生氣也沒有，我們坐在草地上，連太陽也無法傳給我們些許暖意。

47

對於陳伯符突如其來的這番談話，我是一點心理準備也沒有的。

他說完之後，態度一點也沒有變，繼續和我散步回教室，放學時陪我到校門口等我爸，我們依然聊天，只是我覺得抱歉。

沒辦法好好回應他的喜歡，他這番心意，應該要留給更值得的人。

回家，又和柳知瑩起了小衝突。我覺得自己現在也變得任性起來，我也是這個家的孩子，而且還是大姊，憑什麼我要聽她的話？最近常有這樣叛逆的想法，並且付諸實行，所以我想看什麼電視，我就搶遙控器，吃飯時，我就先夾自己喜歡吃的東西。

我知道自己變了。

或許因爲之前總是忍讓，所以現在想大鬧一場，或許我是想藉此發洩感情上的受挫，我自己也不清楚，在家裡，我是一天比一天更任性了。

今天，洗完澡回到房間，正準備開始複習功課時，手機在書包裡震動起來。

應該是陳伯符吧，我想。

拿出手機一看，霽永。

頓時，拿著手機的手開始顫抖起來，這是霽永，朝思暮想的霽永。

「喂？」我努力讓自己的聲音不要發抖。

「筱青，好久不見。」霽永招牌的溫柔嗓音，再一次聽見，依然讓人那麼想念。

我好軟弱，聽見他的聲音，那些怨懟不滿，全都拋到九霄雲外去。「好久不見。」

「身體好起來了嗎？」

「現在還不能正常走路。」本來想告訴他，現在得用枴杖走路，但想不起來枴杖的英文怎麼說。

「放心，只要好好照顧，會慢慢恢復的。」

「霽永……」我舔了舔發乾的嘴唇。「我出院那天打過電話給你，爲什麼沒有回我電話？」

「什麼時候？」

「大概上星期吧。」

「我們最近因爲專輯的反應不錯，公司要我們開始製作第二張專輯，這陣子幾乎都睡在公司，醒來也都在錄音室，可能我太累，沒注意到手機。」

「可是你推特都有更新，而且都是和女生的合照。」我知道吃醋這件事對情侶之間的相處來說不是好事，但心裡有結打不開，感覺眞的很難受。

「公司的人現在會幫忙上傳照片，有時候不是我更新的。合照是因爲那天我們在夜店裡拍MV，所以和當時店裡面的客人，還有些是我們公司的後輩一起拍照。」

「你身邊有很多漂亮女生，你爲什麼會喜歡我？你眞的喜歡我嗎？爲什麼我受傷你都沒有關心我？」

「筱青……妳怎麼了？」霽永語氣有點擔憂。

「我們根本沒有辦法見面，你那麼忙，連電話也很少打來，我一個人在這裡，什麼也沒有，只能在這裡每天愣愣地等著你的電話，我覺得自己好悲哀。」

「筱青，對不起……」

「你不要說對不起，我只是想要你給我一點安全感，我看著那些照片，心裡好難受，你身邊都是些漂亮的人和華麗的世界，我只是在台灣一個普通的高中女生，不會化妝，也沒有什麼優點，你爲什麼要說你喜歡我，而且說了之後又不理我，這樣不如就讓我一直當暗戀你的人不是更好？」我快要不知道自己想表達什麼，只是不斷地把情緒發洩出來。

「筱青，妳先不要哭，聽我說好嗎？」

「我覺得好累，沒有人要支持我和你在一起，大家都說你是明星，有天一定會不要我，你在韓國我在台灣，你沒有時間飛過來，我現在腳又受傷，不知道什麼時候才能恢復正常。我那麼脆弱的時候，你只說了要我休息，卻連一通電話也沒有打給我，我都不知道你這樣叫什麼喜歡，我不想要這樣的喜歡。」

電話那端沉默了一會兒之後，霽永說：「我們這樣，妳無法接受嗎？」

「你爲什麼不來陪我？」

「妳知道我有工作，還記得我對妳說過我的夢想嗎？現在我好不容易就要進入夢想裡面，所以我不會放棄的。」

「所以你可以放棄我？」

「這不是同一件事，筱青。」

「我覺得好痛苦，我不想繼續下去，當情侶不是應該要約會，要一起出去玩嗎？我卻連你的電話都打不通，連你的聲音都不能聽見，我不知道自己是什麼，我是什麼？」我哭得連話也說不清楚。「我不想要你的喜歡了。」

「筱青……其實今天來電，是看見妳在推特上的訊息，想要來向妳解釋一下，但我也不太需要解釋什麼，我的生活目前就只有工作，我以爲妳了解我的，我曾經那麼樣地對妳說過我的堅持是爲了什麼。」我聽見電話那頭傳來霽永深呼吸的聲音。「不過，如果這樣讓妳痛苦，覺得不能接受，我會尊重妳的決定。」

「霽永……」我有點後悔自己說出那樣的話，「不然你以後天天打電話給我，有空就來台灣好嗎？」

「筱青，如果我現在勉強答應妳，以後又做不到，不是更傷害妳嗎？我不能保證我做不到的事情，我目前的生活會以工作爲重心，這點不會改變的。」

「我只是需要你關心我，我需要知道你眞的喜歡我，不是像書裡寫的一樣，只是爲了尋找創作靈感而喜歡一個人。」眼淚好像壞掉的水龍頭，不斷地流出來。

「就算我沒有打電話，我依然是關心妳的，妳爲什麼不相信我呢？」霽永的聲音依然不慍不火，只是多了點無奈。

「只是相信，眞的就能夠讓愛情持續到永遠嗎？」

「筱青，妳現在不夠冷靜，等妳平靜下來，我們再談這件事情好嗎？」

我堅決地搖頭，「不要，我不要。你告訴我，我算什麼？我們要見面是這麼難，要講電話又要等你有空，我一直在無止境地等待，這讓我覺得很不值得，我不想要被這樣對待，你不可以這樣對待我。」

「筱青……」霽永最後說：「我只能說，我會尊重妳的決定。」

爲什麼還是這樣？爲什麼連哄我的話都懶得說呢？

就算是謊言，就算你做不到也沒有關係，只要說你會每天想到我就打電話給我，會找出空檔時間來台灣，就算要等待很久，我也可以支撐下去，為什麼要這麼冷靜地說你會尊重我的決定？我這麼難過，難道你一點都不能感同身受嗎？

「那我不想要喜歡你了。」我賭氣地說出這句話。

「我知道了。」這是霽永說的最後一句話，還是一如往常的溫柔語氣，「晚安，要照顧自己的身體，好嗎？」

「你不是眞的關心吧。」我不知道自己為什麼要講出這樣的話，但話說出口也收不回來了。

掛掉電話，我靠在枕頭上不斷大哭。

知道最後終究要走到這一步。

不論多喜歡彼此，我和霽永終究是兩個世界的人，我就像進到奇幻世界的愛麗絲，終究要回到原本生活的世界，不能永遠待在那裡的。

他在光鮮亮麗的舞台上，擁有許許多多人的愛，無法屬於我一個人。

我自私的想法限制了他，也讓他痛苦。

更痛苦的，當然還是我自己。

所以，或許就痛這麼一次，痛完之後，就可以離開童話世界，回到現實裡了。

哭了一整夜，隔天早上起床，媽媽被我嚇一大跳，問我昨晚都在做什麼，我沒敢回答她，怕一說眼淚又要潰堤。

到學校時，陳伯符看著我，只是搖搖頭，「王子的事？」

「我已經離開童話故事，現在不是書裡的人了。」我淡淡地說：「如果曾經有過那一點點夢想，可能也是因爲覺得愛情強大到足以凌駕一切，但現實才是最重要的，愛情之於生活，不過是一種可有可無的調味料吧。」

「變得悲觀了？」陳伯符陪著我進行早晨的散步。

「不知道，或許吧。」

進到教室，看見李思源，心裡還是覺得有疙瘩。

我走到他面前，突然用力拍他的桌子，「你這脾氣要發到什麼時候？」

陳伯符站在旁邊，也被我的動作嚇到。

李思源抬起頭，有點生氣地問我，「妳做什麼？」

「是男人就不要這麼小家子氣，不過是忘記去一場音樂會，你這輩子又不會只有一場音樂會，人的夢想那麼大，難道你不能把眼光放遠一點嗎？」

「妳……」李思源想說什麼，又看見大家的目光全往我們這裡集中起來，就有點語塞。

「都過那麼久了，我早就忘記這件事了。」

「那你是在氣什麼？為什麼不肯跟我說話，我變成這樣你也不關心我，你以前是我最好的朋友，是我高中時期第一個好朋友……」最近淚腺好發達。「你可不可以繼續當我的好朋友，你不要生氣了好不好？我眞的很不喜歡這樣，每天看見你，你都假裝不認識我的眼神……」

李思源看我這樣哭，好像也有點動搖，「幹麼哭啦，我就說我們還是朋友，我沒有不理妳，是妳都不跟我說話，我才沒有跟妳說話的，妳不要想太多啦。」

「你都不理我，是你先不理我的！」我覺得任性是一種一旦啓用就關不掉的功能。

「好啦，對不起。」李思源從抽屜抽出衛生紙要幫我擦眼淚。「不要哭了，很丟人耶，妳這樣大家會以為我對妳始亂終棄。」

「喂，那是我的工作，輪不到你來做。」陳伯符一把搶過李思源手裡的衛生紙貼到我臉上來。

「又不干你的事。」李思源繼續抽衛生紙遞給我。

「這段時間裡，你不知道的事情可多了。」陳伯符沒變，他對李思源講話還是一樣那麼機車。

眼看他們之間的氣氛一觸即發，老賈又非常識相地走進教室解圍。

我淚眼汪汪地回到座位上，想起昨晚的事情還是好難過，我是不是也應該對霽永道歉，他沒有錯，只是我要的已經遠遠超過他所能給予的了。

我因爲無心上課，所以趴在桌上，老賈過來關心我是不是身體不舒服，我便順水推舟地說我身體不舒服，然後請假回家。

陳伯符送我到校門口坐計程車時，還對我說：「隔壁村的男生對我說，他還是覺得那個女生很好，想繼續喜歡她，如果她從書裡走出來，她也會陪著她走出來，一起到現實裡生活。」

「不要。」我回答。

「好啦！」陳伯符扮了個鬼臉，關上車門，「回家吧妳。」

隔著玻璃窗，我無聲地對陳伯符說：「謝謝你。」

他則是微笑以對。

回程的路上，我還是一直哭。身爲高中生的最後一年，短短的幾個月內，經歷了好多好多事情。

或許日後想起來會覺得雲淡風輕，可是我現在只想哭，想放肆地大哭一場，然後眞的要認眞讀書了。

回到家，家裡沒有人，我沒有通知媽媽我請假了，怕她擔心，更怕她會問我怎麼了，我現在沒有辦法回答這樣的問題。

走進房間關上門，還是習慣性地打開電腦。

幾番掙扎之後，還是看了霽永的推特。

沒有更新。

他是怎麼想的呢？難道沒有一點點後悔嗎？

我打開抽屜，翻出霽永給我的禮物和卡片，又拿出韓文課本，看著上面霽永寫的註解。耳骨上，霽永替我買的寶石我還戴著，一切都還這麼眞實地存在著，但我和霽永之間那份很眞誠的感情，卻已經變得七零八落。

很喜歡霽永，正因爲太喜歡，所以想要得到更多。

我很想現在打電話告訴他，昨天我說的事情都不算數，可不可以重新來一次？但我知道霽永的夢想很大很遠，我如果會成爲他夢想裡的阻礙，那麼就不配喜歡他。

所以不論多難過，都不能夠再繼續下去。我知道自己有多想獨佔他的時間，我想要像普通人一樣談戀愛，但霽永做不到。

這不是他的錯，他老早就提醒過我了，是我自己還天眞地以爲，只要憑藉著這樣的信念，就足以維持我們的感情。

我看著這些紀念品看了一下午，直到媽媽回家，發現我在家，來敲房門。

「筱青，妳回家了？」

「嗯。」

「怎麼了？」

「爲了紀念自己做了一個偉大的決定。」我微笑。

「是嗎？」媽媽過來坐在我身邊。我把頭靠在媽媽的肩膀上，有多久沒有這樣跟媽媽聊天了呢？

「嗯，我爲了他的夢想，放開手讓他飛走了喔。」這樣對他最好。

儘管說得多麼冠冕堂皇，我還是痛，內心還是想要和霽永在一起，像普通情侶一樣，牽手吃飯聊天逛街。

但我知道，現階段的我只能退回朋友的位置，默默地當他的粉絲，支持他的音樂。過多的感情，對他來說是負擔，而對我來說，這已經是一場很美麗的相遇。

「媽媽，我長大了嗎？」

「嗯。」媽媽撫著我的頭髮。「長大了。」

我要努力不再哭，好好過自己的生活，不久後的將來，我一定可以再見到霽永，那時候，我要恭喜他朝著夢想前進，我也要找到自己的夢想，努力實現。

幾天後，霽永更新了他的照片。

他的耳骨上，已經看不到那個紅色的寶石。

我們之間的連結，也正式宣告斷線。

再見了，霽永。

我眞的非常認眞地喜歡過你。

49

大學放榜後的某天下午，陳伯符和李思源約我去打保齡球。

經歷過高三下學期一同奮鬥的時光後，現在陳伯符和李思源反而變成非常好的朋友，感情之好，連我都要懷疑他們是不是在一起了。

當我問起爲什麼他們會變得這麼好的時候……

「妳不知道的事情還多著呢。」陳伯符是這麼回答的

「我們都共同有一段悲慘的回憶啊。」李思源拍拍陳伯符的肩膀。「是吧老弟。」

「誰是你老弟，叫聲大哥才對吧。」

過完這個暑假，大家就要各奔東西了，不，或許應該說是各奔南北，李思源要去海風吹拂的高雄中山大學，陳伯符一如以往令人生氣地考上台大，而我，則是留在陽光普照的中部。

不過一年的時間，我們都各自成長了不少。

好吧，看著旁邊還在打架的兩個人，應該說只有我自己成長了不少。

「什麼時候要去高雄？」我問李思源。

「高雄妹正嗎？」陳伯符拿著十二磅的球在球道上回頭問。

「應該下個月就要出發了，先去適應一下環境。」李思源忽略陳伯符的問題。

陳伯符抬起手，球在手上畫出一道美麗的弧線，然後拋出去。

「Yes！全倒。」他做了個拉竿的動作。

「妳呢？」李思源問我。

「我什麼？」

「妳的王子不是要開演唱會了嗎？」陳伯符走回座位區坐下。

「你怎麼知道？」我有點訝異。

「唉唷我們不是笨，是體貼好嗎？」陳伯符伸手摟著李思源的肩膀，被李思源一把甩開。

陳伯符笑嘻嘻地從他的手提包裡拿出一個信封。「禮物，我跟李思源合送給妳的畢業禮物。」

狐疑地看著他們倆，拆開信封一看，是霽永他們的演唱會門票。

「門票我們送，機票可就要自己買了喔。」李思源講完之後，也想拿十二磅的球去耍帥，但一拿起來就掉下去，所以還是認分地換了十磅的球。

「謝謝你們。」

「據說，他們這次專輯裡特別收錄一首王子solo曲，是他自己作詞作曲的呢。」

「是啊，被訪問的時候，還說要寫給一個很重要的人呢。」

「還說希望遠方的她可以聽見呢。」

他們一搭一唱地不斷說著，我卻發抖得差點拿不住這張門票。

是真的嗎？霽永？

從下定決心那天開始，我就把推特的連結都刪除了，也沒有再去看過。

總覺得這樣比較容易死了心。

拿到門票這天，我回家後，重新連上推特，霽永的更新多到看不完，不過他們顯然度過了之前的危機，現在變得更受歡迎。

他現在也比較少發表自己的心情，大部分都是行程花絮之類的。

我不斷往前翻，突然看見一則訊息，他寫上演唱會的時間說：「如果可以，希望喜歡在陽台上邊聽歌邊自言自語的妳來聽。」

看到這句話，那些被強自塵封的感情突然間洶湧而來，不知道哪裡來的衝動，我看著門票上的日期，立刻上網刷卡訂了機票。

首爾。

到達韓國的這天，陽光非常好。

我拿著旅遊手冊，在寬敞的機場大廳裡走馬看花。

我有認眞學韓文，現在一些基本的會話和閱讀已經難不倒我，所以在機場大廳裡，很容易就找到我要去的飯店。

因爲訂機票時，已經訂不到前一天或前兩天的機票，所以我是訂演唱會當天的機票，下午一點到首爾，演唱會是六點半開始。

到達飯店後，我放下行李，立刻帶著隨身小包包又出門去，到達演唱會場地已經是五點半過後，外面滿滿的人，兩台大型宣傳車停在外圍，許多人在跟車子合照，有販賣演唱會周邊商品的攤位，還有代言商品的販售，好多人型立牌隨處可見。

跟著人群進入會場，李思源和陳伯符很厲害，幫我買到的竟然是搖滾區最前面的號碼，不知道怎麼弄來的。

我站在舞台前，離主舞台只有三十公分那麼近。

全場漆黑一片，在尖叫聲中演唱會開始了。

舞台燈光猛地亮起時，我看見霽永。

站在舞台上那麼耀眼的霽永，我摀住嘴，淚水迅速瀰漫了眼眶。

他們唱了很多歌，我身邊的人不斷推擠，拿著手上的加油棒搖晃。

只看見霽永。

我沒有加油棒，沒有吶喊，只是緊緊地抓住眼前的護欄。

只聽見霽永。

他現在就在我眼前。

隔了這麼久，終於再見到他。

幾首快歌過後，燈光再次全部暗下來。

音樂一開始，我聽見了霽永的音樂，這旋律我是聽過的，在他錄給我的CD裡有。

燈光再度緩緩地亮起，打在霽永身上。他本來坐在椅子上，邊說著話，邊往前端的舞台走。

「這首歌是我個人的solo曲，有點悲傷，但記錄了一件很重要的事情，希望大家會喜歡。」霽永這麼說，他的聲音聽起來還是這麼溫柔。

他往我這邊走過來，我直直盯著他，既希望他看見我，又不希望他看見我，這心情也似曾相識。

他開始緩慢地唱著：

妳邊哭泣邊微笑著說喜歡我　像是電影畫面不斷重播

幾次想要逃走　卻還是無法斷絕對妳的思念

無法給你承諾　也無法忘記妳的笑容

這歌詞我是聽得懂的，眼淚開始又控制不住。

爲什麼寫這麼難過的歌？

我為自己留存位置 卻忽略妳的需要

請原諒我 讓妳一個人哭泣

我太過軟弱 無法給妳永遠的美好

霽永走到我前方的舞台，我正看著他。

他看見我，動作停頓了一秒。

如果不能在妳身邊 那我所存在的這世界毫無意義

如果不能讓妳覺得快樂 那這些音符也變得索然無味

請讓我 留在妳心裡

他露出了一如以往的微笑，注視著我唱出最後這句歌詞。

耳邊尖叫聲不斷，大家因爲霽永而瘋狂往我的方向推擠過來，人潮狂亂著。

霽永就隔著三十公分護欄的距離站在我面前唱歌。

我對他微笑，「謝謝。」

看著他一如以往溫暖的笑容和眼神，心裡眞的很感動。

謝謝你，曾經給過我那麼美麗的回憶。

一切，都已足夠。

【全文完】

〔後記〕

值得把握的美好

相隔一年推出新書，心裡其實是有點忐忑的。

這一年裡獲得了許多，也失去了一些自由作為交換。

坦白說，還有點不能適應，不過該面對的總是得面對。時間過去，所有的人都會漸漸離去，不如把握相處的時間。

正因如此，所以寫了這樣一個主題，對於曾經擁有過的幸福，即便不能再擁有，都是一種美麗的相遇。

活在這個世界上，偶爾還是需要一些自由的任性。

到了這個年紀，有時候無法像年輕時一樣，隨心所欲地去做自己喜歡的事情，這時候回想，都覺得當時的自己擁有那些任性真好。

所以，寫故事成了一種發洩任性的管道，也或許，在某方面提供了自己對於夢想的追求。

去年，一個人和從未見面過的陌生女孩結伴為了大秀去首爾旅遊，分開行動時，搭著地鐵那種孤單又刺激的感覺很新奇，沒想過自己竟然提著行李就出發，一句韓語也不會，去到那邊全靠英文、日文胡亂溝通著。

一個人去明洞探險、一個人去蠶室逛街、一個人在陌生的餐廳裡點菜吃飯……現在回想起來，都是很棒的回憶。

單獨旅行，其實是很難得的經驗。

很多朋友都說自己已經失去了這種任性的自由。

而我很慶幸，自己在原本的生活裡，還能夠持續保有這樣任性的自由。

把握那些美好的曾經，因為我們都不知道，或許哪天，我們都有可能會失去這些被視為理所當然的存在。

玉米虫 2012/02/28

國家圖書館出版品預行編目資料

跟我說再見 / 玉米虫著. -- 初版. -- 臺北市 ; 商周,
城邦文化出版 ; 家庭傳媒城邦分公司發行, 民
101.04
面 ; 公分. --（網路小說 ; 194）

ISBN 978-986-272-143-8（平裝）

857.7 101004476

跟我說再見

作　　者／玉米虫
企畫選書人／楊如玉、陳思帆
責任編輯／陳思帆
版　　權／翁靜如
行銷業務／朱書霈、蘇魯屏
總 編 輯／楊如玉
總 經 理／彭之琬
發 行 人／何飛鵬
法律顧問／台英國際商務法律事務所　羅明通律師
出　　版／商周出版
台北市中山區民生東路二段 141 號 9 樓
電話：(02) 2500-7008　傳眞：(02) 2500-7759
blog：http://bwp25007008.pixnet.net/blog
email：bwp.service@cite.com.tw
發　　行／英屬蓋曼群島商家庭傳媒股份有限公司城邦分公司
聯絡地址：台北市中山區民生東路二段 141 號 11 樓
書虫客服服務專線：(02) 25007718・(02) 25007719
24小時傳眞服務：(02) 25001990・(02) 25001991
服務時間：週一至週五09:30-12:00・13:30-17:00
郵撥帳號：19863813　戶名：書虫股份有限公司
讀者服務信箱 email：service@readingclub.com.tw
城邦讀書花園網址：www.cite.com.tw
香港發行所／城邦（香港）出版集團有限公司
地址：香港灣仔駱克道 193 號東超商業中心 1 樓
email：hkcite@biznetvigator.com
電話：(852)25086231　傳眞：(852) 25789337
馬新發行所／城邦（馬新）出版集團 Cité(M)Sdn. Bhd.(458372U)
11, Jalan 30D/146, Desa Tasik, Sungai Besi,
57000 Kuala Lumpur, Malaysia.
電話：(603)90563833　傳眞：(603) 90562833
版型設計／小題大作
封面插圖／粉橘鮭魚
封面設計／山今伴頁
電腦排版／浩瀚電腦排版股份有限公司
印　　刷／高典印刷有限公司
總 經 銷／高見文化行銷股份有限公司
電話：(02)2668-9005　傳眞：(02)2668-9790
客服專線：0800-055-365

■ 2012 年（民 101）3月29日初版　Printed in Taiwan

定價 / 200元

ISBN　978-986-272-143-8

城邦讀書花園
www.cite.com.tw

請於此處用膠水黏貼

商周出版

讀者回函卡

謝謝您購買我們出版的書籍！請費心填寫此回函卡，我們將不定期寄上城邦集團最新的出版訊息。

姓名：＿＿＿＿＿＿＿＿＿＿＿＿＿＿＿＿ 性別：□男 □女

生日：西元＿＿＿＿＿＿年＿＿＿＿＿＿月＿＿＿＿＿＿日

地址：＿＿＿＿＿＿＿＿＿＿＿＿＿＿＿＿＿＿＿＿＿＿＿＿

聯絡電話：＿＿＿＿＿＿＿＿＿＿＿ 傳真：＿＿＿＿＿＿＿＿＿＿＿

E-mail：＿＿＿＿＿＿＿＿＿＿＿＿＿＿＿＿＿＿＿＿＿＿＿＿

學歷：□1.小學 □2.國中 □3.高中 □4.大專 □5.研究所以上

職業：□1.學生 □2.軍公教 □3.服務 □4.金融 □5.製造 □6.資訊

□7.傳播 □8.自由業 □9.農漁牧 □10.家管 □11.退休

□12.其他＿＿＿＿＿＿＿＿＿＿＿＿＿＿＿＿

您從何種方式得知本書消息？

□1.書店 □2.網路 □3.報紙 □4.雜誌 □5.廣播 □6.電視

□7.親友推薦 □8.其他＿＿＿＿＿＿＿＿＿＿＿＿

您通常以何種方式購書？

□1.書店 □2.網路 □3.傳真訂購 □4.郵局劃撥 □5.其他＿＿＿＿

您喜歡閱讀哪些類別的書籍？

□1.財經商業 □2.自然科學 □3.歷史 □4.法律 □5.文學

□6.休閒旅遊 □7.小說 □8.人物傳記 □9.生活、勵志 □10.其他

對我們的建議：＿＿＿＿＿＿＿＿＿＿＿＿＿＿＿＿＿＿＿＿＿＿

＿＿＿＿＿＿＿＿＿＿＿＿＿＿＿＿＿＿＿＿＿＿

＿＿＿＿＿＿＿＿＿＿＿＿＿＿＿＿＿＿＿＿＿＿

＿＿＿＿＿＿＿＿＿＿＿＿＿＿＿＿＿＿＿＿＿＿

＿＿＿＿＿＿＿＿＿＿＿＿＿＿＿＿＿＿＿＿＿＿

請於此處用膠水黏貼